SYLVIA WAGE
Grund

SYLVIA WAGE

GR ND

ROMAN

eichborn

Dieser Titel ist auch als E-Book erschienen

Eichborn Verlag in der Bastei Lübbe AG

Originalausgabe

Copyright © 2021 by Bastei Lübbe AG, Köln

Text- und Bildredaktion: Matthias Teiting, Leipzig
Umschlaggestaltung: Johannes Baptista Ludwig
Einband-/Umschlagmotiv: © Johannes Baptista Ludwig/
Gestaltung Ludwig
Satz: two-up, Düsseldorf
Gesetzt aus der Chaparral
Druck und Einband: GGP Media GmbH, Pößneck

Printed in Germany
ISBN 978-3-8479-0093-1

1 3 5 4 2

Sie finden uns im Internet unter eichborn.de
Bitte beachten Sie auch luebbe.de

DER BRUNNEN

MEIN VATER LAG TOT auf dem Grund des Brunnens.

Das ist ein guter Anfang. Für ein Märchen. Denn anständige Märchen beginnen stets grausam. Der Held, natürlich reinen Herzens und gut bis in die Fußknöchel, sieht sich der Vernichtung gegenüber. Mordanschläge, eskalierende Väter, dämonische Stiefmütter, Vertreibung und Hass, Verlust der liebenden Mutter/Eltern, Abwertung, Degradierung, Abscheu.
Eine hoffnungslose Ausgangslage scheint ein guter Anfang für eine Geschichte, was mir recht ist, denn wenn ich mit einem dienen kann, dann mit Hoffnungslosigkeit.

Mein Vater lag tot auf dem Grund des Brunnens.
Es war sechs Uhr morgens, und ich starrte auf seinen abgemagerten Körper. Er lag auf der Seite, in Feinrippunterhemd und Jogginghose. Beides fleckig, beides zu groß. Er lag da, den Daumen im Mund, wie es kleine Kinder tun, genau so, wie er jeden Morgen dalag, wenn ich hereinkam und nach ihm sah. Nur, dass er heute tot war. Ich wusste es, noch bevor mein Blick auf ihn fiel,

noch bevor ich die wenigen Schritte zum Brunnen ging, noch bevor ich das Licht anschaltete. Der Tod begrüßte mich, als ich die Hand auf die Klinke der Kellertür legte, er nickte mir freundlich zu, und ich nickte zurück.

Mein Vater lag tot auf dem Grund des Brunnens.
Und ich zögerte. Nur einen Lidschlag lang, aber später werde ich sagen, dass es ein sehr tiefes Zögern war und ich in diesem Moment wirklich alles hätte anders entscheiden können und – wenn ich ein guter Mensch wäre – es auch anders entschieden hätte. Doch da mir nie die Gelegenheit gegeben wurde, ein guter Mensch zu werden, griff ich in meine Jackentasche, holte das Telefon heraus und rief meine Schwestern an.

DIE SCHWESTERN

GUT. ICH HABE gelogen.
Es war gar kein Brunnen.
Aber das Loch im Keller sah nun mal genau so aus, wie man sich einen Brunnen im Märchen vorstellt, in welchen die Helden hinabsteigen, um in eine andere Welt zu gelangen. Ganz genau so.
Rund dreieinhalb Meter tief und mit einer hübschen hüfthohen Umrandung aus Natursteinen. Der Flaschenzug darüber war vielleicht ein bisschen zu modern für einen märchenhaften Brunnen, aber auf den ersten Blick fiel das kaum auf.
Das Loch hatte alles, was ein Brunnen braucht, mal abgesehen vom Wasser. Es war nicht einmal sonderlich feucht oder klamm auf dem Grund. Das Stroh, auf dem die Matratze meines Vaters lag – eine recht gute Matratze, wie ich hinzufügen möchte, zwar schon ein wenig in die Jahre gekommen, aber anständigem Federkern mache das nichts aus, hatte mir Tante Bärbel versichert, als sie eines Morgens mit eben dieser Matratze vor dem Haus stand –, jedenfalls, das Stroh musste nur alle halbe Jahre getauscht werden, so trocken war es da unten.
Aber trotz des fehlenden Wassers gefällt mir die Idee

eines Brunnens besser. Loch. Loch kann alles sein. Eine Höhle. Oder etwas, das Holzwürmer in Tische fressen. Loch an Loch und hält doch, was ist das? Ins Loch wird man gesteckt und kommt wieder raus. Doch niemand kehrt als der zurück, der er einst war, wenn er in einen Brunnen hinabgestiegen ist.

Ich dachte also über Löcher nach, und meine Schwestern standen neben mir und schauten über die Brunnenumrandung hinab zu Papa. Ich konnte noch nie sehr lange bei einer Sache bleiben, stets huschten meine Gedanken hin und her, als wären sie Glühwürmchen auf Koks. Wuschwusch – flitzten sie, vom Kleinen zum Großen, von hier nach da, aber irgendwann fiel mir das Schweigen meiner Schwestern auf.
Beide starrten mit nahezu identischem Gesichtsausdruck auf den dürren, ausgemergelten Körper am Grund des Brunnens. Kein Entsetzen, keine Überraschung lag in ihren Gesichtern, nur Leere. Und kein Laut kam von ihnen. Es war still wie an einem kühlen Morgen, einem, der gerade noch Nacht ist, kurz bevor die Dämmerung die Vögel weckt.
Obwohl der Ausdruck meiner Schwestern äußerlich so völlig gleich schien, war ihre Energie doch grundverschieden. Während Elli, ich wusste es genau, schon erste Überlegungen zur Lösung des Problems anstellte, versuchte Thea, Schmerz zu empfinden. Trauer. Über den Verlust des Vaters.

Vielleicht hätte ich Thea nicht anrufen sollen.
Aber ein gutes Märchen braucht nun mal völlige Hoffnungslosigkeit – und niemand konnte mir so zielgenau jede Hoffnung nehmen wie Thea.
»Woher zum Teufel kommt dieser Brunnen?«, fragte Elli

in die Stille und das Wuschen meiner Gedankenglühwürmchen hinein.
»Ich habe ihn gegraben«, sagte ich.
»Wann? Verfickte Scheiße! Wann?«
»Als ich elf war.«

LÜGEN

UND DAS WAR natürlich wieder eine Lüge. Ich lüge andauernd, aber das brauchen gute Geschichten: Lügen und Hoffnungslosigkeit.
Leider war diese Lüge zu offensichtlich: Nicht einmal der Held eines wirklich guten Märchens kann mit elf Jahren einen dreieinhalb Meter tiefen Brunnen im Keller eines Einfamilienhauses auf einem Hügel am Rande einer nichtssagenden Kleinstadt graben. Schon gar nicht unbemerkt von seinen Schwestern.
Korrekt war also: Ich begann mit dem Graben, als ich elf war. Genau wie mit dem Lügen.
Natürlich werde ich vorher schon gelogen haben, geflunkert. Geschummelt. Wie Kinder das eben tun. Nein, Mami, ich habe den Kuchen nicht gegessen, nicht den Fernseher eingeschaltet, keinesfalls die Gummibärchen vom Dirk mit der dicken Brille geklaut.
Jedoch: In dem Augenblick, in dem ich mit der frisch gestohlenen Pflanzschaufel in den Keller unseres Hauses ging, durch die Waschküche, an dem Eingeweckten in Gläsern und den übrig gebliebenen Kohlen vorbei, ganz nach hinten, wo meine Großmutter ihr Zeug sammelte, bis mein Vater in seinem Ordnungssinn das Gerümpel verbot und ganz hinten nur noch ein recht ansehnlich

großer, leerer Raum war, der Boden gestampfte Erde, hart und trocken; in dem Augenblick, in dem ich begann, mit der Pflanzschaufel den Boden abzukratzen, an ein Graben war nicht zu denken, vorerst, und mir mit dem Dreck die Hosentaschen füllte, um dann ebenso leise und unbemerkt wieder aus dem Keller hinauszuschleichen, dann draußen meine Taschen zu leeren: In diesem Augenblick begann die erste echte Lüge. Und außerdem begann mein Leben.

»Scheiße noch mal«, sagte Elli, »was soll das heißen? Mit elf? Wieso gräbst du mit elf Löcher in den Keller?«
»Einen Brunnen«, sagte ich, »kein Loch.«
»Hat das Ding Wasser?«
»Nein ...«
»Dann ist es ein Loch.«
Über meine große Schwester muss man wissen, dass sie schon früh Verantwortung übernehmen musste und sich diese nie wieder nehmen ließ. Elli hatte das Sagen, Elli traf die Entscheidungen, und Elli verlangte Antworten.
»Wen interessiert der Brunnen?« Thea kreischte. Und fing an zu weinen. Beides gleichzeitig. Auch etwas, das nur Thea konnte. Direkt aus dem Nichts in ein Kreischheulen zu verfallen. »Papa ...«, keifte Thea. »Papa!«

Während Thea also heulte, stellte ich mir vor, ich würde meiner Therapeutin davon erzählen. Ich hatte eine sehr nette Therapeutin, sie war mütterlich-rundlich mit hübschen blonden Locken und einer Brille, die es schwer machte, ihr in die Augen zu sehen. Ich stellte mir vor, auf der Couch zu liegen und ihr zu erzählen, wie mein Papa mausetot am Grund des Brunnens lag und meine eine Schwester mich anfauchte, warum ich hier einen

Brunnen gegraben hätte, und die andere dramatisch kreischte wie eine Dreijährige, die kein Eis bekommt – und meine Therapeutin würde lächeln und sagen: »Sie immer mit Ihren Geschichten.«
Und ich würde fragen: »Warum glauben Sie mir nicht? So war es, ganz genau so.«
Dann würde sie für einen Moment die Brille abnehmen und sich die Augen reiben, aber so abgewandt, dass ich keinen Blick hineinwerfen könnte, und mir voller Ernst erklären, dass Menschen so nicht reagierten. »Schock«, würde sie sagen. »Ihre Schwestern wären geschockt. Sie könnten die Situation weder erfassen noch glauben, und in dem Versuch, die Lage zu beherrschen, würden sie sich zuallererst um Ihren Vater bemühen, also unter anderem ... aber viel wichtiger ist die Frage: Warum erzählen Sie solche Geschichten? Was macht das mit Ihnen?«
Ja, ich habe eine sehr nette Therapeutin. Leider hat sie keine Ahnung von Menschen.

Thea heulte noch immer, Elli war davon genervt, traute sich aber nicht, Thea anzufahren oder gar sie zum Schweigen zu bringen. Deswegen lehnte sie mit verkniffenem Mund an der Brunnenumrandung und sah mich böse an.
»Ich hasse dich«, sagte sie zu mir. »Ich habe dich schon immer gehasst.«

Dass meine Therapeutin keine Ahnung von Menschen hat, zeigt sich zum Beispiel darin, dass sie bemängeln würde, in meiner Geschichte würden die Schwestern sich nicht – nach einer angemessenen Zeit für das Überwinden des Schocks, versteht sich – um meinen Vater kümmern. Sagen wir: Elli, die Große, sich nicht in den

Brunnen hinablassen würde, um nach dem Puls des Vaters zu tasten, und Thea, die Kleine, zum Telefon greifen, um den Notarzt und die Polizei zu verständigen, oder mindestens: dass nicht beide auf mich einbrüllten, warum ich dies getan hätte bzw. nicht getan hätte – und bei all dem, was meine Therapeutin sich da zusammendenken würde, fiele ihr für keinen Moment ein, dass meine beiden Schwestern gar nicht im Keller sein dürften.

Nehmen wir an, Sie – Sie wären Ende dreißig/Anfang vierzig, hätten eine Karriere und eine Familie. Ein Haus und einen Mann oder keinen Mann, dafür aber einen wichtigen Termin, und Kinder haben Sie auch noch. Und einen Hund. Dann ruft eines Morgens um sechs Uhr, Sie schlafen noch oder vielleicht sind Sie gerade dabei, Kaffee aufzusetzen, jedenfalls, es ist noch früh, der Schlaf sitzt Ihnen in den Augen, den Knochen, dem ganzen Körper, und dann ruft Sie das Geschwisterchen an und sagt: »Hey du, komm mal rum, Papa ist tot.«
Ein Papa, der, und das ist jetzt wichtig, vor über zwanzig Jahren verschwand. Dessen Fallakte längst verstaubt in irgendeinem Archiv liegt, ein Papa, den Sie sehr vermisst haben oder zumindest sich verpflichtet fühlten, ihn zu vermissen, jedenfalls ein Papa, von dem man nicht wissen kann, ob er tot ist, und auch wenn er es wäre, kein Grund bestünde, ›mal eben rumzukommen‹, weil es letztlich einfach nur dieses Geschwisterchen ist, das immer mit seinen seltsamen Geschichten und Lügen daherkommt und nichts hat – keine Familie, keine Karriere, kein Haus. Keinen Hund.
Natürlich würden Sie nicht lachend den Hörer auflegen, egal wäre Ihnen die Sache auch nicht, aber Sie würden zuerst ein paar Fragen stellen. Ungläubig. Und zwischen Besorgnis und Verärgerung schwanken, Sie würden zu-

sehen, dass Sie recht bald rausfahren könnten, in das Elternhaus auf dem Hügel am Rande der nichtssagenden Kleinstadt, natürlich würden Sie nachsehen, was da nun wieder los ist, allein schon, weil die Mutter ja auch da ist, und wenn das Geschwisterchen mal wieder durchdreht ...

Sie würden Termine verschieben, Babysitter besorgen, vielleicht jemand anderen vorschicken, Sie würden die Schwester anrufen, ob sie auch schon gehört hat, was da wieder los ist. Sie würden vieles. Vielleicht. Je nach Temperament und Charakter.

Aber Sie würden nicht: meine Worte hören, ohne eine weitere Frage zu stellen ein klares, direktes ›Komme‹ aussprechen, auflegen, sich krankmelden/die Kinder dem völlig überforderten und verärgerten Partner übergeben (heute musst du, mir ist egal wie, krieg's hin, Notfall), den aufmerksamen Blicken des Hundes keine Beachtung schenken, in die erstbesten Jeans schlüpfen, in das Auto springen und hierherfahren.

Niemand würde.

Meine Schwestern taten aber genau das.
Und auch das hatte wie alles seinen Grund.

GLAS

IN UNSEREM HAUS stand mitten auf dem Wohnzimmertisch ein Glas. Ein großes, rundes, bauchiges Glas, nur dass darin kein Goldfisch schwamm, sondern es übervoll war mit Süßigkeiten. Es gab Bonbons, Karamell und Himbeere, Pfefferminz mit Schokoladenkern und Pfefferminz in Rosa, außerdem weiße Mäuse mit roten und schwarzen Augen, Lollis mit und ohne Streifen, Kaugummis, manchmal sogar solche, mit denen man gigantische Blasen machen konnte, Toffees in goldenem Zellophan und dunklem Papier, Schokoladenbrocken, Mäusespeck, Gummibärchen und Brause, alle Arten von Brause.

Wann immer Kinder unser Wohnzimmer betraten, konnten sie es nicht fassen: Süßigkeiten mitten auf dem Tisch. Den ganzen Tag lang, und man durfte sich nehmen, wann immer man wollte. Sogar kurz vor dem Abendessen!

Die Erwachsenen, die bei uns vorbeikamen, konnten es auch nicht fassen.

»Die verderben sich doch den Magen«, sagte Tante Bärbel kopfschüttelnd. Oder: »Dann essen die doch nur noch Süßkram!«

Aber mein Vater lächelte nur und sagte: »Man lernt

nicht durch Grenzen, sondern durch das Ausschöpfen der Möglichkeiten.« Er sagte das mit seiner tiefen, sonoren Stimme, und dann nickten die meisten Besucher und ließen die Sache gut sein.

»Bitte was?«, fragte allerdings Tante Bärbel, die auf die sonore Stimme meines Vaters wenig gab, und mein Vater stützte sich auf den Sessel, atmete ein und erklärte: »Selbstverständlich könnte ich ein Verbot aussprechen. Ein Regelwerk vorgeben. Aber was, glaubst du, würden die drei dann machen? Für sie wäre der Süßkram nur umso begehrenswerter. Sie würden heimlich naschen, sich die Backen genauso vollstopfen und sich danach nicht mal die Zähne putzen. Aber wenn man etwas immer haben kann, dann wird es irgendwann egal. Und wer einmal von Pfefferminzbonbons und Mäusespeck gekotzt hat, hat seine Lektion auf ewig gelernt.«

»Na ich weiß nicht«, sagte Tante Bärbel, auch ein bisschen pikiert wegen dem ›kotzen‹, und meine Mutter fragte, ob denn jemand einen Kaffee wolle, sie habe den guten im Haus. Und dann schob sie das Glas ein bisschen zur Seite, als wünschte sie, es möge kein Gesprächsthema mehr sein.

Das Glas stand also auf dem Tisch, jeden Tag, immer randvoll, und die Nachbarskinder, auch die, die einige Ecken weit weg wohnten, streunten um unser Haus herum, damit einer von uns sie hereinbat und sie in das Glas greifen ließ. Elli und Thea taten ihnen den Gefallen nur zu gern, insbesondere Thea lud fremde und wildfremde Kinder zu uns ein, meine Mutter sagte manchmal, dass, wenn es nach Thea ginge, es bei uns zugehen würde wie im Bienenstock.

»Sie ist halt ein kontaktfreudiges Kind«, erklärte Tante Bärbel, und im Vergleich zu mir war das sicher eine korrekte Anmerkung, wobei von weit größerer Bedeutung war, dass Thea einfach unfassbar gern Süßes aß. Die Sache mit dem Glas auf dem Tisch mitten im Wohnzimmer unseres unbedeutenden Hauses auf dem Hügel dieser unbedeutenden Kleinstadt war nämlich, dass keiner von uns, niemand, absolut niemand, also Thea nicht, Elli nicht und ich schon gar nicht, jemals in dieses Glas gegriffen hätte, wenn kein Fremder oder Wildfremder im Haus war.

Und wenn – wenn dann Kinder hier waren und sich erst die Münder und dann die Taschen mit all den Herrlichkeiten vollstopften, dann taten wir es ihnen bei Weitem nicht gleich. Wir nahmen uns lediglich eine Kleinigkeit. Eine Maus. Oder zwei Päckchen Brause, eines mit Zitrone und eines mit Waldmeister. Denn Gäste, so hatte uns Mama erklärt, Gäste lässt man nicht allein essen.

Es blieb Thea gar nichts anderes übrig, als so oft wie möglich verschiedenste Kinder anzuschleppen, nur so konnte sie sich mehrmals am Tag eine Anstandsportion aus dem Glas nehmen.

Wann genau mein Vater das Glas auf den Tisch gestellt hatte, kann ich nicht sagen, aber ich wüsste nicht, dass es jemals nicht da stand. Mein Vater suchte die Süßigkeiten aus und füllte das Glas auf. Jeden Abend um die gleiche Zeit. Er ging zum Schrank, griff sich verschiedene Tüten, überlegte, schaute noch einmal ins Glas, was darin war und was nicht, und dann füllte er es Stück für Stück, Rascheln für Rascheln, Knistern für Knistern. Er selbst aß nie etwas Süßes. Nicht aus dem Glas und nicht aus den Tüten. Das nannte er Disziplin.

Als Kind, sagte er, sei er ganz verrückt nach Süßkram gewesen. (Offenbar kam Thea da ganz nach ihm.) Er habe Süßkram – er sagte das Wort Süßkram voller Abscheu –

so sehr begehrt, dass er einmal sogar welchen gestohlen habe. Das sollten wir uns vorstellen: er, unser Vater, ein Dieb. Er habe damals niemanden gehabt, den es scherte, ob er den ganzen Tag mit Bonbons im Mund herumlief und sich die Zähne ruinierte oder ein Dieb wurde. Wir seien da besser dran, um uns kümmere man sich. Uns brachte man Disziplin bei. Disziplin und Benehmen.

Woran ich mich nicht mehr erinnere, und das tut mir leid, weil ich fest daran glaube, es wäre wichtig für mich und auch für Thea, wenn wir uns daran erinnern könnten, aber es ist verschollen und verschwunden, und ich kann also nicht mehr sagen, warum ich an jenem Tag so unfassbar wütend auf Thea war. Aber ich war es. Und das war nicht gerecht, denn sie war kleiner als ich, sie war jünger als ich, und ihr fehlte schon damals das Gespür für diese ganz gewissen Grenzen. Aber ich war wütend, und ich forderte sie heraus, in das Glas zu greifen. An einem Nachmittag, an dem wir allein waren, also nur Thea, Elli und ich im Haus, und da Elli sich verzogen hatte, gab es nur Thea, mich, das Wohnzimmer, das Glas und meine Wut.
»Du traust dich nicht«, sagte ich.
»Wohl!«, kreischte Thea.
»Nie und nimmer traust du dich.«
»Ich trau mich! Aber ich habe, habe ... Disziplin.«
»Feigling.«
»Arschnase.«
»Zimperliese.«
»Hurenbock!«
»Hurenbock? Pfff, wo hast du denn das her? Weißt du überhaupt, was das bedeutet? Ich nehme mir jedenfalls dauernd was aus dem Glas. Warum auch nicht? Merkt doch eh keiner.«

»Du lügst!«, sagte Thea. Aber ich sah ihr an, dass sie mir glaubte. Zumindest ein ganz kleines bisschen. Zumindest genug, dass sie zum Tisch ging, in das Glas griff, zögerlich erst und dann entschlossen, sich das winzigste, unscheinbarste Bonbon herausnahm, es auswickelte und blitzschnell in den Mund schob. Triumphierend drehte sie sich nach mir um. Und dann sah sie, dass ich nicht sie ansah, sondern die Wohnzimmertür. Und in der Wohnzimmertür stand der Vater.
»Na, schmeckt's dir, Thea?«, fragte er.

Die nächsten drei Nächte waren Elli, ich und der Vater allein im Haus, es war erstaunlich still, so ohne Thea und Mama, wobei das Fehlen von Thea sicher deutlich mehr zur Stille beitrug, und nun ja, wir verbliebenen drei redeten nicht sehr viel miteinander. Das taten wir eigentlich nie, aber vielleicht war es doch das bedrückende Gefühl, dass Mama bei Thea im Krankenhaus war und die Nächte sorgenvoll an ihrem Bett saß. Zur Überwachung, sagten die Ärzte, weil mit einer schweren Gehirnerschütterung sei nicht zu spaßen.

WIR HABEN EIN PROBLEM

»**THEA, HÖR AUF** zu heulen.« Elli reichte es jetzt.
Thea hörte schlagartig auf – verschränkte aber die Arme vor der Brust und sagte: »Es ist doch aber Papa!«
»Eben«, sagte ich, und jetzt sahen mich beide erst an und dann sehr schnell irgendwo anders hin.
»Wir haben ein Problem«, sagte Elli, und an sich war es vollkommen überflüssig, dies auszusprechen; sie sagte es nur, damit meine Stimme nicht mehr im Raum hing.
»Irgendjemand eine Idee zur Lösung?«
Thea verdrehte die Augen. »Am Ende zählt doch eh nur, was du willst.«
Wir ließen ihr Schmollen ein paar Minuten so stehen, dann wurde Thea unsicher und sagte: »Wir müssen die Polizei rufen.«
»Wozu?«, sagte Elli.
»Na, weil man das so macht: die Polizei rufen.«

Machte man das so? Wahrscheinlich schon. Wenn man ein rechtschaffener Mensch ist und entdeckt, dass das Geschwisterchen einen Brunnen gegraben hat und auf dem Grund dieses Brunnens der eigene Vater liegt – dann ruft man die Polizei. Und sagt Sätze wie: »Ich verstehe nicht, wie das geschehen konnte. Wir waren doch eine ganz normale Familie!«

Wenn ich auch nur für einen Moment geglaubt hätte, dass meine Schwestern rechtschaffene Menschen seien, dann hätte ich die Polizei auch gleich selbst rufen können. Oder meine Sachen packen und mich davonstehlen. Oder die Leiche entsorgen. Jedenfalls hätte ich mir die Anrufe sparen können und all das Menschliche, was jetzt hier unten stattfand, gleich mit.
»Wieso hast du uns eigentlich angerufen?«, fragte Elli, der wohl Ähnliches durch den Kopf ging.
»Weil ich die Leiche nicht allein entsorgen kann.«

Auch das wieder eine Lüge – mir wäre schon etwas eingefallen, es drängte ja nicht. Ich hätte Papa in kleine Häppchen zerlegen können und Stück für Stück verteilen, ich hätte seinen inzwischen so leichten Körper vielleicht sogar im Ganzen aus dem Haus bringen können oder – die einfachste Lösung – den Brunnen über ihm zuschütten. Und die Sache vergessen.
Der Grund, aus dem ich meine Schwestern angerufen hatte, war, dass ich es ihnen schuldete. Sie hatten das Recht auf ein Ende. Oder zumindest das Recht auf die Chance zu einem Ende – denn nicht einmal ich, obwohl ich seit über zwanzig Jahren darüber nachdenke, kann auch nur ansatzweise erahnen, ob das, was mit uns ist, was uns hierhergebracht hat, je endet. Ob es einen Grund gibt, auf den man die Vergangenheit betten und zur Ruhe kommen lassen kann.

THEAS NICKEN

ETWA EINE WOCHE, nachdem Thea aus dem Krankenhaus entlassen worden war, das Erbrechen aufgehört hatte und ihr nur noch der Kopf wehtat – was sie natürlich ausnutzte und Elli und mich zu ihren persönlichen Dienern ernannte –, es war also etwa eine Woche, vielleicht auch nur fünf Tage später, da stand das Jugendamt vor der Tür. Das sagt man doch so? Das Jugendamt steht vor der Tür, wobei das völliger Unsinn ist, es ist ja kein ganzes Amt – sondern, in unserem Falle, eine kleine zierliche Frau mit beeindruckend langen Haaren.
Wir saßen gerade beim Abendbrot, als es klingelte, meine Mutter eilte zur Tür, und da stand da diese Frau und fragte, ob sie hereinkommen dürfe.
Meine Mutter sagte: »Nein, das dürfen Sie nicht.« Aber der Vater war der Mutter schon nachgeeilt, und wir hörten seine Stimme: »Nur herein, wenn's kein Schneider ist.«
Und so betraten sie das Wohnzimmer. Der Vater voraus, dann die zierliche Frau und dann meine Mutter. Wir Kinder saßen vor unseren Tellern und starrten die Frau an. Die Frau tat so, als bemerkte sie das nicht, und fragte Thea freundlich, ob es ihr denn jetzt schon besser ginge.

Thea nickte.

Dann sagte die Frau, dass sie gern mit den Eltern allein sprechen wolle, und mein Vater sagte, dass ja dann das Essen kalt werde und das sei ja schade darum, sie solle uns doch aufessen lassen. Man könne sich ja schon mal setzen, ob sie etwas trinken wolle? Wasser vielleicht?
Ich glaube nicht, dass meine Mutter in der Zeit, die mir ewig vorkam, bis wir drei endlich das Kartoffelpüree und die Fleischklopse in die Münder und Mägen gezwungen hatten, auch nur ein Wort sagte. Mein Vater jedenfalls unterhielt sich prächtig mit der zierlichen Frau. Was sie denn genau mache, und was ihre Aufgabe sei, und ob das nicht schwierig sei, immer noch so spät unterwegs? Sie sitze ja jetzt wohl auch lieber mit ihrer Familie am Tisch.
Und während meine Mutter wahrscheinlich schwieg und wir Bissen um Bissen herunterwürgten, plauderte die zierliche Frau mit meinem Vater, der charmant war, wie immer, und besorgt auch ein wenig, weil sie ja nicht ohne Grund hier sei, er hoffe doch sehr, er könne helfen.

Es wäre gelogen, würde ich behaupten, ich hätte nicht zu lauschen versucht, als die zierliche Frau mit den Eltern sprach. Wir waren auf die Zimmer geschickt worden, doch nie dort angekommen, wir verharrten im Zwischenreich der Treppe. Ich bemühte mich fieberhaft, jeden Ton, jedes Raunen, das aus dem Wohnzimmer kam, zu erfassen, aber außer dem dumpfen Klang der Stimmen drang nichts bis zu uns hinauf. Elli verhörte derweil flüsternd Thea, denn es war klar, wenn einer was verbockt hatte, dann war es Thea, aber aus der war nichts herauszubekommen.

Dann kam der Vater und sagte: »Rasselbande? Antreten.«

Wir stellten uns auf wie kleine Soldaten, die zierliche Frau saß inzwischen auf dem Sofa, verschwand fast zwischen den Kissen, und der Vater sagte: »Was steht ihr hier wie Soldaten? Jetzt setzt euch schon hin.«

Und dann: »Also, Frau ...« – er nannte ihren Namen, ich weiß ihn schon lange nicht mehr – »... hat gesagt, dass Theas Verletzungen laut den Ärzten im Krankenhaus ungewöhnlich seien für einen Sturz. Auch wenn unsere Kellertreppe sehr steil ist und der Stein hart, seien sie ... wie sagten Sie ...«

Hier sah er die zierliche Frau Hilfe suchend an.

»Ungewöhnlich, die Verletzungen sind ungewöhnlich ...«, sagte sie und wollte ausholen, doch der Vater fuhr schon fort.

»Genau, ungewöhnlich. Entscheidend für ihren besorgten und berechtigten Besuch aber ist, dass du, Thea, wohl gesagt hast, du seist gar nicht die Treppe runtergefallen?«

Thea nickte.

»Du bist also nicht die Treppe runtergefallen?«

Thea nickte.

»Was ist denn dann passiert?«

Es war so still, ich konnte jeden Einzelnen von uns atmen hören. Der Atem von Papa ging ganz normal, das schwere, langsame Luftholen eines großen Mannes. Die zierliche Frau atmete wie ein Vögelchen, schnell und leicht, Mama gepresst durch die Lippen, als wollte sie

alles lieber in sich behalten, Elli schnappte nach Luft wie ein Fisch an Land, Theas Atmen war nackte Panik, und ich – ich hielt die Luft an.
Und dann sagte ich in das Atmen hinein: »Ich habe Thea gestoßen. Ich war wütend auf sie und habe sie gehauen. Und dann gestoßen.«
»Womit hast du sie gehauen?«, fragte die zierliche Frau, ohne eine Pause zu lassen, in der meine Worte hätten wirken oder etwas bewirken können – was auch immer.
»Mit einem von den Eisendingern an der Tür.«
Auf den fragenden Blick der Frau eilte mein Vater zur Kellertür und griff sich eine der eisernen Tomatenrankhilfen, die da für den Garten bereitstanden, und brachte sie der Frau.
»Stimmt das, Thea?«, fragte mein Vater.

Thea nickte.
Ihr Zögern bemerkte ich allein.

Irgendwann war die Frau weg. Sie kam auch nie wieder. Mama brachte Thea und Elli ins Bett, und nur mein Vater und ich waren noch im Wohnzimmer.
»Nimm dir was Süßes«, sagte er.
»Ich mag nicht.«
»Nimm dir was Süßes.«
»Nein!«
»Oh doch, das hast du dir verdient.«
Und dann griff ich hinein in das Glas und erwischte eine Maus mit roten Augen, und mein Vater sah mir zu, wie ich sie Stück für Stück, Bissen für Bissen aufaß.

UNSICHTBARKEIT

ALS ICH DIE MAUS mit den roten Augen aß, begriff ich, dass ich verschwinden musste. Aber Menschen lösen sich nicht einfach so auf, sie können nicht zu Staub zerbröseln, nur weil sie ins Sonnenlicht treten. Selbst wenn man sie in Säure legt, bleibt ein merkwürdiger Schleim von ihnen zurück. Verschwinden bedeutet, so lange unsichtbar zu bleiben, bis man gar nicht mehr da ist – was eine völlig andere Form der Unsichtbarkeit ist als das, was in meiner Familie unsichtbar blieb. Das Unsichtbare meiner Familie würde immer da sein, wie Blut an den Wänden, das man unzählige Male mit weißer Farbe überstrichen hat. Ich aber brauchte mein ganz eigenes Unsichtbar.

Nun, nicht, dass es an sich viel bei mir zu sehen gegeben hätte. Ich spreche nicht viel, ich kann nicht viel, nur gerade genug, um nicht weiter aufzufallen. Das Netteste, was man über mich sagte, war, was für ein unkompliziertes Kind ich doch sei. Und das war ich tatsächlich, und deswegen beachtete mich niemand. Was aber eben nicht heißt, dass mich niemand beobachtete. Es ist ein gravierender Unterschied zwischen Beachtung und Beobachtung.

Wie ein Zauberer musste ich das Verborgene ganz offen vor aller Augen tun – und nur dafür sorgen, dass die Blicke auf etwas anderes gerichtet waren.
Und so begann ich zu lügen und zu graben.

Nein, halt, werden Sie sagen, Moment, das stimmt so nicht. Also, das mit dem Graben vielleicht, wer weiß – aber die erste große Lüge, die war ja wohl zuvor. Kurz davor, aber davor. Die Lüge, dass ich meine kleine Schwester geschlagen und die Treppen hinabgestoßen hätte. Eine große und weitreichende Lüge, und offenbar eine sehr überzeugende.
Aber war es eine Lüge? War es gelogen, dass ich die Eisenstange auf sie niedersausen ließ, krachend auf ihren Rücken, mehrfach, sie dann die Treppe hinunterwarf, zusah, wie ihre Rippen brachen und ihr Kopf auf die Kanten der Stufen schlug?
Einmal? Zweimal?
Nein, ich glaube nicht, dass ich so etwas getan haben könnte, obwohl ich später viel Schlimmeres tun würde. Nein, ich habe es ganz bestimmt nicht getan. Aber das Entscheidende war keine Lüge: Denn in Wahrheit trug kein anderer als ich die Verantwortung für Theas Verletzungen. Weil ich nicht behaupten kann, ich hätte nicht gewusst, was ich tat, welcher Gefahr ich sie aussetzte, als ich sie dazu brachte, in das Glas zu greifen.

Ich begann also ein Leben als Grabender.
Das ist besser, und es klingt ganz wunderbar, möchte ich meinen: ein Leben als Grabender. Es klingt nach Bedeutung, einem Ziel, einer Aufgabe. Die Wahrheit war jedoch, wie alles auf der Welt, ernüchternd. Ich war kein Grabender. Es war schlicht so, dass ich, wann immer sich die Gelegenheit bot, in den Keller ging und meine

Hosentaschen mit Dreck füllte, um sie dann später, irgendwo draußen, stets an einer anderen Stelle, wieder auszuleeren.

Ansonsten blieb es wie gehabt – ich ging zur Schule, ich brachte den Müll raus, ich stritt mich mit meinen Schwestern und versuchte, meinen Eltern aus dem Weg zu gehen.

STELLST DU DICH ABSICHTLICH BLÖD?

SIE DENKEN JETZT bestimmt, dass wir wohl keine sehr schöne Kindheit hatten, meine Schwestern und ich. Aber das stimmt nicht, es war schon ganz in Ordnung. Es gab sie für uns, die guten Zeiten, nur waren sie recht kurz. Es waren jene Stunden des Tages, in denen wir mit Mama allein waren – und Mama nicht mehr nüchtern, aber auch noch nicht betrunken war.
Dann spielten wir im Garten. Und das Lachen meiner Mutter war hell. Wir spielten Verstecken und Fangen. Oder Mama tanzte mit uns. Sie zeigte uns Walzer und Polka, Foxtrott und Discofox. Das alte Radio plärrte seine Melodien in den Garten, und Mama wirbelte uns herum, das Glas Sekt in der einen Hand und die andere in fester Führung um uns gelegt.
Nicht, dass ich je zum Tanzen taugte, meine Schwestern waren weit begabter darin, die Füße an die richtigen Stellen zu setzen und sich in den Hüften zu wiegen. Vielleicht lag es daran, dass mein Blick stets auf die Flasche gerichtet war und ich wusste, mit jedem Schluck würde die Laune meiner Mutter schlechter werden, und wenn sie die zweite Flasche öffnete, würden ihre Schritte unsicher und ihr Griff uns nicht mehr halten. Meine Schwestern aber tanzten ausgelassen, als könnte der

Augenblick ewig dauern, als gäbe es das Danach nicht. Das Danach, das von Tag zu Tag, von Monat zu Monat schneller kam, und irgendwann trank Mutter keinen Sekt mehr, sondern gleich Korn und Wodka. Und dann wurde nicht mehr getanzt.

»Die Steine«, sagte Elli.
»Was für Steine?«, fragte Thea, aber Elli beachtete sie gar nicht. Wandte sich ganz mir zu.
»Wo hast du die Steine her?«
Sie meinte die wunderschöne Umrandung des Brunnens. Es waren prächtige Natursteine, Granit und Gneis, nur gehalten vom eigenen Gewicht und der geschickten Schichtung, die mich Monate gekostet hatte.
»Wie hast du bitte diese Steine hierherbekommen? Mit elf?«
»Ich sagte, ich habe angefangen zu graben, als ich elf war – nicht, dass ich mit elf damit fertig wurde.« Mein Augenrollen brachte sie in Rage, ich wusste es, und ich wusste auch, dass das mies von mir war – aber ich kann es nicht leiden, wenn Menschen nicht mitdenken.
»Vergiss die Steine«, sagte Thea. »Wir müssen die Polizei rufen.«
»Spinnst du?« Elli war wieder ganz und gar die große Schwester. Zwei Worte, und es war klar, wer hier das Sagen hatte – egal, wie viel Thea noch reden würde. Oder kreischen.
»Wir können nicht ... das hier ... man muss doch ... wir ...« Thea rang um Worte. Aber es war kein verzweifeltes Ringen.

»Also keine Polizei?«, fragte Thea.
»Stellst du dich absichtlich blöd?«, fragte Elli.
Der gesunde, der normale Mensch wird sich jetzt fragen,

was in aller Welt daran blöd sein soll, die Polizei zu holen, wenn man sein Geschwisterchen dabei ertappt (na gut, das Geschwisterchen offenbart), dass es den Vater umgelegt hat.

Zwar nicht direkt, immerhin hatte ich ihn ja nicht erschlagen, sein Tod konnte durchaus als ein natürlicher bezeichnet werden, aber dennoch würde der Umstand, dass ich ihn Jahrzehnte in einem selbst gegrabenen Brunnen gehalten hatte, bei seinem Tod wohl eine Rolle gespielt haben. Kurzum: Ich hatte mich schuldig gemacht. Meine Schwestern dagegen waren unschuldig. Und nun war es eigentlich an der Zeit, dem Recht und Gesetz auf die Sprünge zu helfen.

»Ich werde mich in diese Scheiße nicht reinziehen lassen!«, kreischte Thea.

»Du bist in der Scheiße geboren«, sagte Elli.

Und dann stritten sie, so, als wäre ich gar nicht da. Ich setzte mich neben den Brunnen, lehnte mich an die kühle Natursteinumrandung und dachte mir: »Hey, ganz wie früher.« Und dann huschten meine Gedankenglühwürmchen ins Irgendwo.

WOZU DER BRUNNEN?

MAN KÖNNTE MEINEN, ich hätte beim ersten Stich der Pflanzschaufel schon gewusst, was daraus werden sollte, ich hätte einen Plan gehabt, mindestens eine Vision meines Tuns – und vielleicht stimmt das. Vielleicht aber auch nicht. Das mit dem Wissen ist so eine Sache.
Wahrscheinlich wird der psychiatrische Gutachter, der mich im Gefängnis befragt, davon ausgehen, dass ich zu graben begann mit dem festen Vorsatz, meinen Vater auf den Grund des Brunnens zu stoßen und ihn dort jämmerlich verrecken zu lassen.
Was mit Sicherheit falsch ist. Denn dafür war ich bei Weitem nicht mutig genug. Wütend genug vielleicht, aber nicht mutig genug.
Mein ursprünglicher Plan war, mir ein Grab zu schaufeln. Mich hineinzulegen und darin zu sterben.

»Denken Sie manchmal über Suizid nach?«, fragte mich einmal meine Therapeutin.
»Oh ja«, sagte ich.
»Seit wann?«
»Nun, etwa seit der zweiten Klasse.«
Ich dachte also über das Sterben nach, schon bevor die

Sache mit Theas Sturz von der Kellertreppe und der Maus mit den roten Augen geschehen war. Denn es gab nie ein Davor, ein Vor-dem-Glas-und-der-Maus-und-dem-Graben, es war immer da, ständig, dauernd, es war da und es war unsichtbar und jenseits aller Worte. Und ich war es müde, lange bevor ich das erste Mal an den Tod dachte. Und ich weiß schon, dass Sie eigentlich einen Anlass erwarten, etwas Großes, Dramatisches. Aber der Wunsch nach dem Tod war nichts als die unendliche Müdigkeit. In der Zeit, in der meine Mutter von Sekt auf Korn umstieg. Und da war ihr Schweigen, wenn wir von der Schule kamen, ihr leerer Blick, mit dem sie auf dem weinroten Sofa im Wohnzimmer unseres unbedeutenden Hauses auf dem Hügel am Rande der unbedeutenden Stadt saß. Und der mehr und mehr anwachsende Ärger des Vaters, welcher wahrscheinlich völlig berechtigt war, wenn man ehrlich ist. Wer will schon nach harter Arbeit in ein Zuhause kommen, in dem drei Kinder streiten und die Frau sich stöhnend erhebt, um das Abendessen zu kochen.

So wenig meine Mutter tat, mal abgesehen vom Trinken, wenn mein Vater nicht daheim war, so fleißig war sie, sobald er durch die Tür trat. Als wäre sie schlagartig nüchtern. Sie kochte, putzte, werkelte im Garten. Aber sie lachte und tanzte nicht. Und sie stöhnte. Immerzu. Leise.

Der Vater kam heim, brachte den geschwisterlichen Streit zum Verstummen und prüfte die Hausaufgaben. Er berief sich gern darauf, dass unser aller vorzeigbare Leistungen in der Schule nur darauf zurückzuführen seien, dass er uns prüfte. Härter und strenger als jeder Lehrer. Ja, nun, sicher – auch nach seinem Verschwinden wirkte der uns indoktrinierte Anspruch fort, und aus meinen Schwestern zumindest ist ja auch etwas geworden.

Mit dem Korn endete das Tanzen. Aber das war auch die einzige offensichtliche Veränderung, wenn man davon absah, dass meine Schwestern heranwuchsen und Elli, die damals die Dreizehn erreichte, so schön war, dass die Sonne selbst sich verwunderte, wenn sie ihr ins Gesicht schien. Aber anders als im Märchen, wo schönen Mädchen nach mehr oder weniger Prüfung ein Prinz beschieden ist, also auf die Hoffnungslosigkeit ein Wunder folgt, blieb uns nur die Scheiße, in die wir hineingeboren worden waren.

Aber lassen wir die trübsinnigen Gedanken, denn beim Graben – etwa da, als das Loch groß genug war, ein richtiges schönes Grab, rechteckig und *six feet under* –, da ging mir auf, dass es vielleicht gar nicht ich war, der hier verschwinden musste. Ich will sagen, mir kam die Idee, dass es dieses eine märchenhafte Wunder eventuell doch geben könnte, und ich, ich, das seltsame mittlere Kind, dafür sorgen konnte. Dafür müsste ich aber in einen Brunnen hinabsteigen.

Von da an dachte ich noch immer jeden Tag an Selbstmord, aber auf eine andere Weise. Nicht mehr gleich und sofort, sondern als einen Abschluss. Als das gute Ende eines Märchens. Wie es sich gehört. Denn wenn die Prinzessinnen erlöst sind, ist keine Rede mehr von den Gnomen und Feen, die das Ihre dazu beigetragen haben.

FRÜHSTÜCK IM OKTOBER

»**WARUM ZUM TEUFEL** sollten wir dir helfen, die Leiche zu entsorgen?«, kreischte Thea.
Theas Kreischen. Wie gesagt, eine merkwürdige Sache. Seit sie geboren wurde, erfüllte sie meine Welt mit aus dem Kehlkopf gepressten Lauten. Dem Baby Thea konnte man ein solches Verhalten sicher nachsehen, aber die restlichen sechsunddreißig Jahre voller Gezeter hätten nicht sein müssen.
»Was glaubst du eigentlich, was du hier machst? Spinnst du ...« Thea keifte mit einer Art Kopfstimme, ich kann das kaum wiedergeben, es war wirklich eine besondere Form des Schrei-Sprechens, das nervig-penetrant-eindringlich war, aber eben nicht laut. Ganz und gar nicht laut. Theas Kreischen war der manifestierte Wutanfall eines Kindes, das wusste, dass ihm Übles blühte, wenn die Eltern es hörten.
»Wie macht man das eigentlich?«, fragte Thea, plötzlich mit ganz normaler Stimme. »Rollt man so ne Leiche wie bei der Mafia in einen Teppich? Und kaufen wir den Teppich neu, oder hat jemand einen alten?«
»Hier rollt überhaupt niemand irgendwas«, sagte Elli. »Du machst Kaffee, und wir frühstücken mit Mama. Falls was zu essen im Haus ist.«

Der letzte Satz fiel zusammen mit einem verächtlichen Blick auf mich, in dem ganz und gar herrliche neununddreißig Jahre geschwisterlicher Feindschaft lagen. Ich quittierte ihn mit einem Lächeln und dem Vorschlag, eine Frittata zuzubereiten.

Habe ich erwähnt, dass es ein Mittwoch war? Einer im Oktober?
Herrlicher Goldsonnenschein und reichlich raschelndes Laub auf den Wegen, es hatte seit Tagen nicht geregnet – ich musste sogar noch einmal gießen im Garten. Viel war nicht mehr an Zucchini und Landgurken, dennoch wäre es schade gewesen, dieses letzte Gemüse des Jahres vertrocknen zu lassen. Es war Oktober und noch einer dieser Tage, an denen man auf der windgeschützten Terrasse sitzen und frühstücken konnte.
Mit einer Decke über den Beinen.
Mama hatte ich zusätzlich noch in einen Schal eingeschlagen, so, wie man es mit kleinen Kindern macht, und nun saß sie da, sah auf das goldene Licht des Vormittags im Oktober und schmatzte zufrieden an eingeweichter Brezel und Zucchini-Omelett.
Elli aß nichts, Thea dafür umso mehr. Auf Ellis Blick hin sagte Thea: »Wenn ich mal bedient und bekocht werde, dann esse ich auch. Kommt selten genug vor.« Ich goss Elli Kaffee nach, schob Mama zwei Tabletten in ein Stück Leberwurst, welches ich ihr dann unauffällig auf den Teller legte.
Täuschung und Lüge. Und Unsichtbarkeit. Gäbe ich Mama das Stück Leberwurst offen, dann wäre sie sofort misstrauisch. Viel war von ihrer Persönlichkeit nicht mehr übrig, aber das tiefe Misstrauen der Familie gegenüber hielt sich wacker durch die gesamte Demenz. Sie würde die Wurst nehmen, mich mustern und sie

dann lächelnd in den Mund schieben, ein »Hmhm« intonieren, die Tabletten herauslutschen und so unauffällig es ihr möglich war in die nächste Pflanze spucken.
Auch wenn sie nach und nach alles vergaß, die Zeit, die Menschen, die Lieder ihrer Kindheit: Dass die verdammte Leberwurst seltsam war, würde sie sich merken. Wobei ›merken‹ das falsche Wort ist – es würde sich ihr einprägen, Kerben hinterlassen auf dem Rest, der von ihr geblieben ist.
Mit der Leberwurst ist es wie mit allen Lügen, man muss da sehr genau aufpassen. Mit der Wahrheit ist es einfacher, die will niemand hören. Die wird weggewischt wie Vogelscheiße am Fenster. Restlos weggeputzt, bis nichts mehr davon bleibt.

Ebenso verhält es sich mit dieser Geschichte. Nehmen wir an, meine Schwestern hätten während dieses Frühstücks auf der windgeschützten Terrasse an jenem Oktobermorgen erkannt, dass es das einzig Richtige wäre, die Polizei zu rufen, und dann bestürzt ihre Aussagen gemacht: Thea, wortreich nach Gründen für »all das« suchend, und Elli, stiller und klarer, betonend, wie wichtig es sei, dem Papa ein würdiges Begräbnis auszurichten, wo er doch nun schon kein würdiges Leben gehabt habe.
Stellen wir uns die Last vor, die mit einer solchen Tat, mit einem solchen Geschwisterchen einhergeht, eine Last, die einen ganzen Roman füllen könnte. Es war schließlich der Vater! Der eigene Vater! Usw. Sie wissen schon. Und dann vielleicht eine fulminante Flucht und ein cleverer Kommissar, eine Jagd durch halb Europa. Roadmovies sind ja etwas sehr Schönes, weil der Held zugleich in Bewegung und auf sich selbst zurückgeworfen ist. Deswegen gibt es in Märchen so viele Reisende.

Ich habe es mir durchaus überlegt, wirklich, an jenem Oktobermorgen, als ich Mama dabei zusah, wie sie heimlich, also zumindest glaubte sie, sie tue es heimlich, die Leberwurst im Ganzen, so ohne jedes Brot darunter, vom Tellerrand naschte. Ich habe es mir ganz ernsthaft überlegt. Ob es nicht besser wäre, die Geschichte so enden zu lassen und dem psychiatrischen Gutachter, der mich im Gefängnis befragt, nachdem der clevere Kommissar mich geschnappt hat, zu erzählen, es sei halt nie ganz einfach zu Hause gewesen ...
Ja. Ich habe es mir überlegt. Es wäre ein Ende gewesen, und nur darum geht es ja: ein Ende zu finden. Die Dinge zugrunde zu legen.
Aber dann sagte Mama in den Oktobersonnenschein hinein, ganz ruhig und nebensächlich, aber so, dass wir alle es hören konnten: »Der war nicht gut. Ich hab euch das nie gesagt. Das gehört sich nicht, dass man so was sagt. Merkt euch das, man sagt das nicht den Kindern. Aber er war nicht gut.« Und sie trank ihren Kaffee und summte eine Melodie, ich denke, es war ein Walzer.

STEINE UND KATZEN

»**WO HAST DU** die Steine her?«, fragte Elli beim Abwasch.
Wir hatten keinen Geschirrspüler in unserem Elternhaus. Mein Vater demonstrierte stets seine Abneigung gegen jede Art von Haushaltsmaschinen. Damals, vor seinem Verschwinden, waren Geschirrspüler noch weit davon entfernt, selbstverständlich zu sein, aber dafür gab es einen legendären Streit, ob ein neuer Staubsauger notwendig sei oder wir Kinder nicht ›die paar Teppiche‹ mit dem Klopfer bearbeiten könnten, so, wie er es auch als Kind getan hatte. Die Einführung der Waschmaschine hatte ich verpasst, das war vor meiner Geburt, aber ich kann mir gut vorstellen, wie Papa dastand, groß und gut aussehend, und die Vorzüge des Waschbretts pries. Jedenfalls wirkte der Glaube an den Fleiß der Hände fort, war nicht mit dem Vater verschwunden, und so gab es keinen Geschirrspüler, weil solcherlei Faulheit noch immer nicht denkbar war.
Selbst einem verschwundenen Vater konnte man sich nur schwer widersetzen.

»Wo hast du die Steine her?«, fragte Elli beim Abwasch.

»Ausgegraben.«
»Ach? So schöne Steine hat es hier?«
»Ja. Wusste ich auch nicht. Haben sich nach und nach angesammelt.«
»Das war dann nicht dumm, die für die Umrandung zu nehmen.«
»Danke.«
Jeder zweite Satz von Elli an mich, geschätzt natürlich und im Rückblick der Jahre, lautete und lautet: »Gott, bist du blöd.« Von daher war ›nicht dumm‹ ganz weit oben auf der Liste der Komplimente. Und das freute mich.

Aber wie konnte es denn möglich sein, dass ich einen Brunnen gegraben hatte? Im Keller eines kleinen Hauses auf dem Hügel am Rande der unbedeutenden Kleinstadt. Die voller Menschen war, und kein einziger dieser Menschen bekam etwas davon mit.
Und meine Schwester, meine kluge, erfolgreiche, wunderschöne ältere Schwester lobte angeblich nur wenige Stunden, nachdem sie den Vater tot auf dem Grunde des Brunnens gesehen hatte, meine Steinsetzerkunst. Meine Therapeutin würde lachend den Kopf schütteln, damit ich ihren Blick ganz sicher nicht sehen konnte, und sagen: »Sie und Ihre Geschichten. Wofür steht der Brunnen?«

Nun. Der Brunnen steht für einen Brunnen. Und zu sagen, dass keiner von dem Brunnen wusste, ist nur eine weitere Lüge. Was aber nicht heißt, dass jemand davon wusste. Denn mit dem Wissen ist es so eine Sache.

Es gab in unserem Hause immer eine Katze. Ich bin mir nicht sicher, ob es all die Jahre dieselbe war, sie sah aber immer gleich aus und hieß immer Miez. Eine dreifarbige Katze, weil dreifarbige Katzen Glück bringen. Meine Mutter konnte mit den ›Viechern‹, wie sie alle Tiere zusammenfassend zu bezeichnen pflegte, wenig anfangen, meine Schwestern liebten die Katze, mir war sie weitgehend egal – aber mein Vater war ganz und gar vernarrt in sie. Jeden Tag, wenn er von der Arbeit kam, begrüßte er die Katze. Er strich ihr über den Kopf, kontrollierte, ob Wasser in ihrem Napf war, und öffnete unter großem Zeremoniell und Worten wie »Ja, hast du Hunger? Hm? Magst du was fressen? Fressi? Ja? Fressi?«, welche allesamt von der Katze lauthals bemaunzt wurden, eine Dose eines recht teuren Katzenfutters und servierte ihr die Mahlzeit. Später dann lag sie auf seinem Schoß, wenn er die Nachrichten sah.

Man kann durchaus sagen, mein Vater liebte die Katze.

Kurz bevor ich mit dem Graben begann, nicht lange nachdem die zierliche Frau bei uns gewesen war, verschwand sie. Mein Vater suchte sie, rief ihren Namen in den Abend, in die Nacht und den nächsten Morgen hinaus, ließ Mama das ganze Haus absuchen und uns Kinder jeden in der Nachbarschaft fragen, ob sie denn die Katze gesehen hätten und ob sie nicht in ihren Garagen und Schuppen und Kellern nachsehen könnten, vielleicht sei die Katze dort. Doch alles blieb erfolglos.

Am dritten Tag tauchte ein Erpresserbrief auf. Wie in einem alten Krimi war das Schreiben mit aus der Zeitung ausgeschnittenen Buchstaben verfasst, und es wurde darin ein Lösegeld von eintausend Mark gefordert, sonst werde es der Katze übel ergehen.

Der Brief enthielt eine ausführliche Beschreibung, was mit der Katze genau geschehen würde, wenn die gewünschte Summe nicht binnen drei Tagen unter einem

Baum im nahen Wäldchen abgelegt würde – und es waren Dinge, die ich hier nicht aufführen möchte. Drohungen, die einem sehr dunklen Geist entstiegen sein müssen, schlichte Taten allesamt, aber von klarer, unaufhaltsamer Brutalität.

Ich schauderte, als Vater uns den Brief vorlas. Warum er das tat, habe ich nie verstanden, was ich jedoch begriff, war seine Aufforderung an Mama – sie erfolgte sofort nach dem Vorlesen des Briefes. Den er einfach nur las, ohne ein weiteres Wort dazu zu sagen, ja, nicht einmal eine Regung zeigte sich in seinem Gesicht, er las ihn vor, als wäre es ein Brief von Oma, geschwätzig über ihren Garten und das Dorf erzählend; und seine einzige Reaktion war die Aufforderung an Mama, umgehend eine neue Katze zu besorgen. Bei Himmelweihers hätte es gerade einen Wurf, und da sei sicher eine dreifarbige dabei.
Ich verstand, dass ich mich geirrt hatte – mein Vater liebte diese Katze nicht. Nicht genug, als dass er es zugelassen hätte, über sie verwundbar zu sein. Mein Vater, begriff ich, war unantastbar.
Die Katze jedenfalls tauchte am nächsten Tag wohlbehalten und hungrig auf, mein Vater begrüßte und fütterte sie. Und alles war wie immer.

Manches ist ganz eindeutig – das weiß man, oder man weiß es nicht. Ich zum Beispiel weiß, warum der Himmel blau ist, wie man Pudding kocht, und ich kann den Zinseszins berechnen. Keine Ahnung habe ich, wie die Hauptstadt von Estland heißt. Aber das könnte ich nachschlagen.
Völlig anders verhält es sich mit dem, was zwischen uns geschieht.

Nehmen wir Elli, die neben mir steht und abwäscht. Weiß ich, wovon sie spricht? Von den Steinen, natürlich, und doch weiß ich es nicht. Selbst wenn sie jede Emotion dieses Augenblicks in Worte fassen, jeden Gedanken und Hintergedanken aussprechen würde, wüsste ich es nicht. Und mehr noch: Selbst das, was ich wissen könnte, den Worten und Wörtern entnehmen und dem dazwischen herauslesen – wenn ich alles wissen könnte: Würde ich es wissen wollen? Würden Sie es wissen wollen?

Ich nehme nicht an, dass sich Elli ernsthaft für die Steine interessierte. Wie gesagt, ich weiß es nicht, aber ich nehme es an, immerhin hatte sie noch nie Interesse an Steinen gezeigt. Es war nur ein Versuch, mit mir über das Unaussprechliche zu reden.

AUS GRÜNDEN

»IHRE MUTTER TRINKT?«, fragte meine Therapeutin in einer unserer ersten Sitzungen, als das Grundbiografische erzählt und abgeklärt war. Sie formulierte dies als Frage, aber natürlich war es eine reine Feststellung. Eine Eigenheit meiner Therapeutin ist, auch noch das Offensichtlichste als Frage zu formulieren, es mir förmlich wie einen Ball zuzurollen und mich somit jede, absolut jede Aussage selbst treffen zu lassen. Sie ist wie eine überdimensionale Qualle, und alles, was man auf sie wirft, verschwindet in ihr und ploppt irgendwann als Frage wieder heraus.
»Ihre Mutter trinkt?«, frag-feststellte meine Therapeutin und beugte sich dabei nach vorn.
»Na, nee, nu nicht mehr«, murmelte ich und begann an einem der Couchkissen herumzuzupfen. Eigentlich sollte ich liegen während der Sitzungen, aber ich sah zu, dass ich möglichst und mindestens zur Hälfte saß. Die Füße auf der Couch, den Oberkörper schräg, sodass es durchaus wie ein Liegen war, aber eben nicht ganz.
»Ihre Mutter ist trocken?«
»Zumindest trinkt sie nicht mehr.«
»Ähm? Bitte?«
»Danke?«

»Also gut – fragen wir anders: Seit wann trinkt Ihre Mutter nicht mehr?«
»24. Dezember 1993.«
»Ihre Mutter hörte an Weihnachten mit dem Trinken auf? Wieso das?«
»Weil sie keinen Grund mehr hatte, um zu trinken?«
»Was?«
»Was?«
»Wie bitte?«
»Äh?«
Das ging noch ein wenig weiter so hin und her, sie wurde ärgerlich, sie wird immer ärgerlich, wenn sie glaubt, ich würde mich dumm stellen.

Meine Therapeutin hatte irgendwann beschlossen, ich wisse, was ich tue und sage, und deswegen maß sie meinen Worten, meinem kläglichen Scheitern am Unsagbaren, Bedeutung bei und versuchte redlich, es in etwas umzuwandeln, das in ihre Welt passte. Heraus kam dann eine ihrer Fragfeststellungen: »Ihre Mutter hatte also keinen Grund mehr zu trinken?«
»Sehen Sie«, sagte ich und setzte mich nun endgültig von der Couch auf, beugte mich vor, verschlang die Finger ineinander und fuhr mit den Daumen wechselseitig die Handflächen entlang, »alle fragen immer nach dem Grund, warum Mama aufhörte zu trinken. Freilich sind ›alle‹ nicht so sonderlich viele, wenn man es genau nimmt, denn die meisten, die es wissen oder wissen müssten, tun ja so, als hätte Mama nie getrunken. Also nicht mehr, als man eben so trinkt. Ein Gläschen Wein bei einem guten Anlass.«
Meine Therapeutin nickte, und ich dachte mir, ich kann jetzt auch so tun, als wäre ich der Überzeugung, sie hätte verstanden, was ich sagte, was ja durchaus mög-

lich sein konnte, man weiß es eben nie, was zwischen den Menschen ist.
»Sie alle fragen: ›Warum trinkt sie nicht mehr? Was ist der Grund?‹ Vielleicht ist das ja auch wirklich so, dass Menschen einen Grund brauchen, damit sie aufhören – aber Mama. Nein, Mama brauchte immer einen Grund, um zu trinken. Und wenn es keinen Grund gab, so trank sie nicht. Deswegen stimmt es auch nicht, wenn man sagt, sie hätte aufgehört.«
»Verschwand nicht Ihr Vater an Weihnachten?«, fragte meine Therapeutin und begann, in ihren Notizen nach meinen genauen Angaben zu Papas Verschwinden zu kramen. Dieses Mal war es eine echte Frage, sie wusste es nicht.
»Ja.«
»An jenem Weihnachten?«
»Ja.«
»Also war Ihr Vater der Grund für das Trinken Ihrer Mutter? Wollen Sie mir das sagen?«
»Nein«, sagte ich. »Das will ich nicht. Wie kann denn ein einzelner Mensch dafür ein Grund sein?«

Jeder, den Sie fragen, wird Ihnen sagen, dass ich es war, der Thea die Treppe runtergeworfen hat. Thea wird es Ihnen sagen und Elli, meine Mutter würde, wenn sie sich noch daran erinnern könnte, und Tante Bärbel. Und die zierliche Frau vom Amt. Alle werden bestätigen, dass ich es war – ich die Kraft meiner Schläge oder die Wucht der eisernen Tomatenranke unterschätzt habe und die Folgen des Sturzes sowieso.
Und wenn jeder, jeder Einzelne, davon überzeugt ist, ist es dann nicht auch wahr? Kann es nicht sein, dass ich nur behaupte, oder nein, ich andeute, mehr tue ich ja nicht, ich deute an: es sei mein Vater gewesen, der

meine kleine Schwester zerschlug, nur weil sie ein Bonbon aus einem Glas genommen hatte, und ich tue das nur, damit ich einen Grund habe. Einen nachvollziehbaren, verständlichen Grund.

Oder mehr noch, vielleicht habe ich damals meine kleine Schwester nur deswegen die Treppe runtergeworfen, damit irgendjemand auf die Idee kommen konnte oder noch kommen kann, es sei mein Vater gewesen. Es also nur mein Versuch war, ihn in die Sichtbarkeit zu zerren, ins Offensichtliche, dahin, wo jemand hinsieht.

Und wenn Sie noch immer daran zweifeln, fragen Sie sich eines: Wäre mein Vater je so dumm gewesen, auf diese simple, brutale Art sichtbar zu werden?

DIE SCHÖNE ELISABETH

ELLI WAR SCHÖN. Thea und ich dagegen, wir hatten Allerweltsgesichter. Mein Vater war ein stattlicher Mann, und glaubte man den Blicken der Frauen, war er auch ein schöner Mann, doch die feinen Züge, die sanft geschwungenen Brauen und die dunklen braunen Augen, die hatte Elli keinesfalls von ihm. Und die Mutter war, in all der Zeit, in der ich mich an ihr Gesicht erinnern kann, genau wie Thea und ich – nicht übel, nicht abscheulich, aber eben ein Allerweltsgesicht.
Und es war eben dieses durch und durch durchschnittliche Gesicht meiner Mutter, und sicherlich zudem ihr unspektakulärer Körper, welcher durch die Schwangerschaften zwar nicht über Gebühr gelitten hatte, aber auch nicht schöner geworden war, eben das war es, was immer wieder erwähnt wurde in der kleinen Stadt und mehr noch in unserem Viertel, bestehend aus Einfamilienhäusern mit großen Gärten, durchzogen von heruntergekommenen Straßen und schiefen Bürgersteigen, einem Viertel, in dem es zu meiner Kindheit einen Bäcker und einen Rümpelladen gab, der weit davon entfernt war, ein Tante-Emma-Laden zu sein, denn eine Tante Emma hätte nie und nimmer so ein Durcheinander geduldet, es war ein Rümpelladen, ein Gemisch aus

neuem und gebrauchtem Kram, aus alten Kleinmöbeln, Büchern und Kaugummi, es gab Wodka und Zigaretten, Lotto konnte man spielen, er hatte die gute Limo, und immer gab es etwas zu entdecken, und es war auch ebendieser Laden, in dem mir zu Ohren kann, was in der kleinen Stadt wohl aufgrund des durchschnittlichen Gesichts und Körpers meiner Mutter immer wieder zum Thema wurde, nämlich: wie denn meine Mutter so einen Mann hatte abbekommen können.

So einen Mann. Stattlich und groß, mit ausdrucksstarkem Gesicht, einem Wikinger gleich, und erfolgreich war er auch noch. So einen Mann. Fürsorglich wurde er genannt, und schon als mir das als Kind gesagt wurde, hatte ich mich gefragt, wie man nur darauf kommen konnte, dass mein Vater fürsorglich sei – während meiner Mutter gern nachgesagt wurde, sie lasse uns mehr oder weniger so wachsen wie das Unkraut in ihrem Garten. Nämlich weitgehend, ohne davon Notiz zu nehmen.
Mag sein, in dieser Zeit galt es schon als fürsorglich, wenn man jeden Abend nach Hause kam und das Haus abbezahlte, zumindest wenn man ein Mann war. Während der Frau jede Fürsorglichkeit abgesprochen wurde, sobald sie nicht in völliger Aufopferung – aber ich versinke in erwartbaren Klischees, Vorurteilen und Rollenbegriffen. Nein, am Ende war es einfach nur so, dass mein Vater zu schön war für meine Mutter. Und schöne Menschen immer die Guten sind. Wie im Märchen.

»Wo du das nur herhast«, schrie Tante Bärbel stets verzückt, wenn sie zu Besuch kam, und kniff Elli in die blühenden Wangen. »Du siehst aus wie eine Prinzessin!«
»Sind Prinzessinnen nicht blond?«, fragte ich, und kor-

rekt, wie ich eben war, legte ich das Märchenbuch zum Beweis vor.

»Schneewittchen hatte schwarze Haare«, sagte Tante Bärbel und gab mir halb liebevoll, halb mahnend eine Kopfnuss.

Ich suchte Schneewittchen im Buch und hielt dann das Bild direkt neben Elli. Tante Bärbel versuchte, sich nichts anmerken zu lassen, aber Thea, die noch nie ein Gespür dafür hatte, wann man die Klappe halten sollte, kreischte, Schneewittchen sei aber absolut nicht so braun wie meine Schwester.

»Weil man damals nicht so viel in der Sonne war«, erklärte Tante Bärbel herzhaft und nahm mir das Buch weg.

Irgendwann nachts holte ich es mir wieder, betrachtete das schneeweiße Schneewittchen und dachte mir, dass die Sonne da wohl doch nicht allzu viel mit zu tun hatte. Zugleich begriff ich, warum Tante Bärbel das dennoch behauptete. Sie wollte, dass es einen Grund gab, denn alles war gut, wenn man es nur begründen konnte. Gab es einen Grund, so war eine jede Sache erledigt, egal worum es sich handelte.

Elli jedenfalls war zu schön für eine Frau aus dieser Familie.

DER VATER IM BRUNNEN

»WISSEN SIE«, sagte ich einmal zu meiner Therapeutin, »so ein menschliches Leben ist doch aufwendiger, als man denkt.«
»Bitte?«, fragte sie und schob sich die Brille zurecht. Natürlich hatte sie keine Idee, wovon ich sprach, aber es war stets sehr nett von ihr, es sich bis zu Ende anzuhören.
»Selbst wenn man völlig auf sich zurückgeworfen wäre«, fuhr ich fort, »keinerlei Aufgaben und Anforderungen an einen gestellt würden, man in einem Raum wäre, der gerade mal einen Schritt nach links und einen nach rechts erlaubte – so müsste man doch essen und trinken, pinkeln und scheißen, sich waschen, die Zähne säubern, schlafen. Es ist gar nicht so wenig, was man zu tun hat, auch wenn man nichts weiter ist als am Leben.«
Meine Therapeutin war etwas pikiert, weil ich scheißen gesagt hatte. Sie mochte nichts, was mit Fäkalien zu tun hatte. Ich war auch kein großer Fan des Vulgären, aber wenn man scheißen muss, muss man scheißen, und daran änderte auch eine feinfühligere Ausdrucksweise nichts. Manchmal fragte ich mich, wie die anderen Patienten sich ausdrückten, ob sie je schmutzige Wörter verwendeten, Kraftausdrücke, Ordinäres in den Raum brüllten, pöbelten, wüst schimpften, Ekliges mit noch

ekligeren Worten beschrieben – fanden sich hier doch schließlich die ein, die die Hölle gesehen hatten. Oder zumindest etwas, was sie für die Hölle hielten, und da konnte man doch nicht immer nur gehobene Worte und feinsinnige Metaphern finden. Wenn sie schon bei ›scheißen‹ so dreinschaute, wie schaute sie dann erst, wenn ein LKW-Fahrer von seinen Dominanzfantasien fabulierte, die er am Pudel seiner Frau ausließ? Oder kamen zu ihr keine LKW-Fahrer oder zumindest keine mit Fantasien?

»Kommen zu Ihnen je LKW-Fahrer?«, fragte ich, und sie sagte etwas, das sie sonst nie sagte, wobei es kein Sagen war, es war ein Laut, ein Geräusch, das ihr entwischte: »Hä?«
»LKW-Fahrer? Als Patienten?«, sagte ich.
Da fing sie sich wieder. »Ich spreche nicht mit Ihnen über meine Patienten.« Und: »Sie wechseln schon wieder das Thema.«
Ganz Profi hatte sie jede Aversion hinuntergeschluckt und sah mich nun streng an, wobei ich das mehr mutmaßte, also das Ansehen und die Strenge, denn ihre Augen lagen hinter der Brille und über der Brille war der wilde Pony aus blonden Locken.
»Laufen Sie eigentlich manchmal irgendwo gegen?«, fragte ich.
Und jetzt war sie sauer. Da sie mich ja für einen klugen Menschen hielt, nahm sie stets an, ich würde absichtlich vom einen ins andere fallen und Wirrnis in die Stunde tragen. Ich hatte ihr natürlich von den Gedankenglühwürmchen erzählt, aber wie so oft hatte sie mir nicht geglaubt und es mit einem »Intelligente Menschen neigen dazu, hin und wieder mehr als einen Film laufen zu haben« abgetan.

»Unangemessene Frage Nummer zwei«, sagte sie. »Außerdem lenken Sie ab. Wir haben hier Regeln, halten Sie sich dran.«

Wir hatten keine Regeln, sie hatte Regeln. Viele Regeln. Liegen musste man, pünktlich sein, beim Thema bleiben, keine persönlichen oder provokanten Fragen stellen, nichts anfassen, ohne vorher gefragt zu haben, auch und besonders nicht den Nippes auf ihrem Schreibtisch, der mich immer reizte, ihn in die Hand zu nehmen und dann in die Luft zu werfen, möglichst mit kühnem Wurf, sodass er Gefahr lief, auf dem Boden zu zerschellen. Ich war schon mehrfach vor Sitzungsende rausgeflogen, weil ich mich nicht an die Regeln hielt, unter anderem hatte ich beinahe eine ihrer Schneekugeln zerdeppert, genauer die mit den Störchen.

Und das mochte ich an ihr. Ich mag Menschen ganz grundsätzlich, bei denen das, was sie sagen, und das, was sie tun, eine gewisse, konsequente Nähe zueinander hat. Solches schätze ich außerordentlich. Aber auf das Thema mit der Aufwendigkeit des menschlichen Lebens kamen wir nie wieder zurück, es verschwand einfach. Manchmal geschieht so etwas. Trotz aller Regeln.

Nun war es so, dass außerhalb der Therapiesitzungen mich das menschliche Leben in seiner Aufwendigkeit extrem beschäftigte oder, wie man salopp sagt, auf Trab hielt.

Denn der Vater befand sich – zum Zeitpunkt des Gesprächs bereits seit etlichen Jahren – auf dem Grund eines Brunnens im Keller meines Elternhauses am Rande einer unbedeutenden Kleinstadt. Er war da, und er würde da bleiben, und er musste: essen, trinken, schlafen, scheißen, sich kleiden und reinigen. Natürlich konnte man das Zähneputzen auch weglassen,

aber auch auf dem Grund eines Brunnens gibt es Karies. Mein Vater hätte nie erlaubt, dass wir Kinder das Zähneputzen auslassen, warum also sollte ich es nun ihm erlauben?
Und über ihm, über dem Keller, da lebte meine Mutter, und auch meine Mutter musste essen und trinken, schlafen, sich kleiden. Wann ihr Vergessen begann, niemand kann das so genau sagen. Elli und Thea behaupten, es sei geschehen, längst nachdem sie beide ausgezogen waren, nachdem sie bereits Studium und Lehre begonnen hatten und ich im Haus zurückblieb, nur noch mit meinem Versagen und meiner Mutter beschäftigt.
Beides war natürlich falsch – ich versagte nicht, und ich war nicht ausschließlich mit meiner Mutter beschäftigt. Aber das wusste niemand. Oder wollte niemand wissen. Und für mich war es völlig in Ordnung.
Das Vergessen meiner Mutter begann, wenn man mich fragt, schon kurz nach dem Verschwinden des Vaters. Sie trank nicht mehr, aber das bedeutete nicht, dass ihr Wesen zurückkehrte. Das Lachen blieb verschwunden, und getanzt wurde nie wieder. Natürlich nicht, wird man sagen, es waren ja schwere Zeiten, der Mann weg, mit drei Kindern ganz allein, wer will da schon lachen und tanzen. Was ich denn erwarten würde, fragte meine Therapeutin, und dann sagte sie, der Grund für das Vergessen meiner Mutter sei der Alkohol, der über die Jahre die Zellen ihres Gehirns geschädigt habe, es zerfressen oder so ähnlich, und ich sagte dann so etwas wie: »Ja, aha, soso«, und dachte: Wenn du wüsstest, Blondie. Probleme verschwinden nicht, nur weil man ihren Grund kennt. Gar nichts ist damit erledigt, verschwunden oder in Ordnung. Für die anderen vielleicht, für die, die mit dem Problem wenig bis nichts zu tun haben – die können nicken und es ablegen in irgendeine

Schublade ihres Hirns. Aber ich kannte alle Gründe und musste mich doch um Essen und Fäkalien kümmern. Dreimal am Tag.

Wahrscheinlich nehmen Sie an, es sei sehr schwierig gewesen, mit einem Vater auf dem Grunde eines Brunnens in einem Keller in einem kleinen Haus auf einem Hügel am Rande einer unbedeutenden Kleinstadt. Er muss doch geschrien haben, werden Sie denken, sich gewehrt, versucht haben zu fliehen? Wie soll das denn gehen, dass ein Mensch, gerade erst jugendlich, dazu mager wie eine Kirchenmaus, einen stattlichen Mann gefangen hält, seine Abfälle und Reste entsorgt, ihn füttert, kleidet und all die kleinen ekligen Details erledigt, die eine heroische Tat wie die meine, nämlich den Vater auf den Grund eines Brunnens zu werfen, nach sich zieht. Es ist ja nicht wie im Märchen. Wo Hänsel über Wochen in einem Käfig hockt, von der Hexe mit Pfefferkuchen gemästet wird und am Ende die Alte noch clever verscheißert. Da wird nie thematisiert, wo seine stinkenden Haufen landen oder ob der Bub sich mal die Zähne putzt und was geschieht, wenn ihm die Hose vor Dreck starrt und dann vom Körper fällt. All das spielt in Märchen keine Rolle, da ist alles nur symbolisch.
An meinem Vater im Keller war nichts symbolisch, an meiner Mutter, die ins Vergessen flüchtete, nicht und an meinen beiden Schwestern, die ohne je eine Frage zu stellen oder einen Blick auf mich zu werfen, ihre Jugend lebten, Freunde hatten, die Schule abschlossen, auch nicht. Es ist freilich stets etwas Egoistisches daran, wenn man sein Leben lebt, es mit beiden Händen ergreift und seinesgleichen dabei zurücklässt. Aber ich will es ihnen nicht verdenken, sie waren es schließlich nicht, die den Brunnen gegraben hatten.

Jedenfalls: um die Frage nach dem »Wie genau soll das bitte gehen?«, was die Ernährung, Reinigung und Fäkalien betrifft, abzuschließen, das Geheimnis lautet: Eimer. Und ja, ich habe die Sache mit den Eimern aus »Schweigen der Lämmer«, man soll ja, wenn man schon klaut, dann von den Besten klauen. Daran habe ich mich stets gehalten.

Und es funktionierte. Sehr gut sogar. Am Anfang kostete es mich einige Eimer, weil der Vater sie abriss oder zertrat, jedenfalls sich weigerte, sie entsprechend meiner Vorgaben zu verwenden. Aber der Mensch ist, wie er ist. Selbst am Grunde eines Brunnens. Er mag seine Fäkalien nicht neben sich haben, er mag essen und schlafen und sich kleiden. Und es dauerte wirklich nur ein paar Tage, da waren Papa und ich ein eingespieltes Team. Eimer runter, Eimer rauf. Als mir das Gewuchte zu mühselig wurde, installierte ich einen Flaschenzug.

Bleibt die Frage, warum er nicht schrie und warum er nicht floh.

Nun. Beides konnte er nicht. So einfach war das.

THEA, DIE MEISTERIN DER KOPFLOSEN PUPPEN

FÜR THEA WAR Ellis Schönheit ein Problem. Selbst wenn Thea niedlich und entzückend gewesen wäre, hätte sie Elli nicht das Wasser reichen können. Aber Thea war nicht entzückend. Und nicht niedlich. »Ha, wie ein abgezogener Hase«, rief Tante Bärbel aus, als sie Thea als Baby im Krankenhaus das erste Mal auf dem Arm hielt. »So ein Rumbuff«, knurrte sie, als Thea, ein ausgesprochen kompaktes und kräftiges Kleinkind, bei ihren ersten Gehversuchen so ziemlich alles umriss, was es umzureißen gab. Stühle, Wäscheständer, Blumenvasen. »Was für ein Organ die Kleine hat«, sagte die Kindergärtnerin, wenn sie meiner Mutter zu verstehen geben wollte, dass Thea zu laut war. »Das Kind hat aber auch einen starken Willen«, sagte die Nachbarin, wenn sie über die Hecke schaute und Thea wegen irgendeiner Kleinigkeit kreischen hörte. »Warum musst du immer alles kaputt machen?«, heulten ihre Freundinnen, wenn Thea bei dem Versuch, das Kleidchen zu wechseln, aus Versehen der Puppe den Kopf abriss. Ich weiß übrigens gar nicht, wie sie das geschafft hat – selbst mir gelang es, Mutter, Vater, Kind zu spielen und das ständige An- und Ausziehen zu absolvieren, ohne je einen Kopf in der Hand zu haben. Aber Thea war die Meisterin der

kopflosen Puppen. Meine Mutter ersetzte den anderen Kindern die Puppen, wenn sie nicht mehr zu reparieren waren, und Thea behielt die Werke ihrer Zerstörung. Sie saßen wie Trophäen eines Serienkillers auf den Regalen in ihrem Zimmer.
Wäre Thea ein Junge gewesen, vierschrötig und kompakt, wie sie war, mit dem kantigen Kinn und der gewölbten Stirn, mit all ihrer Kraft und ihrer Grobschlächtigkeit, man hätte über sie gesagt: »Ein richtiger Bub halt« oder: »Ein ganzer Kerl« oder: »Genauso stark wie der Papa«.
Aber so sagte man immer nur: »Sie ist schon anders als die Elli, nicht wahr?«

Umso mehr Thea sich all ihrer Fehlerhaftigkeit bewusst wurde, und so, wie man sie ständig darauf hinwies, dass sie zu grob, zu dick, zu laut, zu unfein, zu herrisch, zu rüde, zu wenig Elli war, blieb ihr gar nichts anderes übrig, als sich dessen bewusst zu werden, umso mehr zerstörte sie. Sie zertrampelte Blumen, weil sie die Begrenzung der Beete übersah, zerbrach Tassen und Teller, weil sie zu ungeschickt beim Abtrocknen war, warf mit Schneebällen Fensterscheiben ein, rannte beim Hockey ein anderes Kind um, dass es hinfiel und sich den Arm brach, verschüttete Wasser über die Bilder der anderen im Kunstunterricht ... eine unendliche Liste an Ungeschicklichkeiten und Versehen, denn ich denke nicht, dass irgendetwas daran Vorsatz war. Vielleicht war es schiere, unterdrückte Wut, welche die Puppen ihre Köpfe kostete. Oder Thea war einfach nur Thea und damit völlig untauglich für die Rolle als niedliches drittes Kind, als Nesthäkchen, dem man alles durchgehen lassen und über dessen zuckersüße Anarchie man mit diesem gewissen Entzücken hinwegsehen konnte. Wer

weiß das schon – und überhaupt, wo ist das Problem? Muss denn immer das älteste Kind das starke sein und das mittlere das soziale und das kleinste Kind der kreative Anarchist?
Nein, nein, freilich muss es das ganz und gar nicht. Aber für unsere Familie wäre es besser gewesen. Vielleicht.

Denn so, wie es war, war Thea Frust und Zerstörung, ich mit dem unsichtbaren Graben beschäftigt, und alles Leuchtende lag bei und lastete auf Elli. Der schulische Erfolg, die Bewunderung, die Sanftheit und Grazie, die Schönheit und – weniger offensichtlich, aber im Familiengefüge entscheidend: die Fähigkeit, den Vater zu kontrollieren. Nein, nicht zu kontrollieren, niemand kontrollierte den Vater. Die Fähigkeit, ihm zu geben, was immer er wollte. Elli manipulierte uns, zwang uns, dominierte uns. Und schützte uns damit zugleich. Aber das verstand ich erst viele Jahre später.

DAS VERSAGEN

EIN KIND WÄCHST, wächst auf und wird erwachsen. Und sobald es erwachsen ist, erlernt es einen Beruf, zieht von zu Hause aus und verdient eigenständig seinen Lebensunterhalt.
Ich war so gesehen ein ungehöriges Kind. Was im unvereinbaren Gegensatz dazu stand, dass ich mir die Rolle des unkomplizierten Kindes ausgesucht hatte. Entsprechend verursachte ich einiges an Aufregung, als ich nach meinem Mittelschulabschluss nichts mehr lernte, schon gar keinen Beruf, und stattdessen von einem Gelegenheitsjob zum anderen wechselte, dabei im Hotel Mama verweilte, wie meine Großtanten bis heute gern betonen, und, wie der Rest der Familie gern ausführt, mein Leben wegwarf. Elli war damals schon in der großen Stadt an einer renommierten Universität, aktiv im Studentenrat und auf dem besten Wege, eine beeindruckende Karriere einzuschlagen. Thea, wütend, wie sie war, zog aus, als ich nicht auszog. Sie suchte sich irgendeine biedere, stinklangweilige Lehrstelle und lernte recht bald ihren heutigen Mann kennen, mit dem sie zwei Kinder hat. Und einen Hund. Ihre Botschaft war klar, zumindest mir: Wenn ich schon nicht besser bin als Elli, dann bin ich wenigstens besser als du.

»Was hast du vor? Mit deinem Leben? Was soll das hier werden?«, fragte mich Elli wieder und wieder. Sie ließ mich spüren, dass sie sich für mich verantwortlich fühlte – und noch mehr ließ sie mich spüren, wie sehr sie dieses Gefühl hasste. Ich gab ihr nie eine taugliche Antwort.
Nicht, weil ich nicht gewollt hätte, ich hätte unbedingt. Denn hätte ich Elli den Grund nennen können, was schwer möglich war, denn: »Ey, du, ich habe da Papa im Keller in einem Brunnen, und puh, das ist ziemlich aufwendig, und wegziehen wäre jetzt auch nicht so dolle« kam ja nicht infrage, wären wir beide zufrieden gewesen. Aber so war ich gefangen im Haus, mit einem Vater im Brunnen und einer Mutter im Vergessen, und Elli war gefangen darin, sich für mein Versagen verantwortlich zu fühlen.

Natürlich hätte ich auch mal einen Job behalten können, egal welchen. Pizza-Fahrer, Regal-Einräumer, Parkwärter, Spüldienst in einem Restaurant, Zeitungsausträger, Kellner, Barkeeper, Kartenabreißer im Kino, Reinigungskraft, Weihnachtsbaumverkäufer. Gut, das Letzte war ein Saisonjob, der war von vornherein nicht von Dauer, aber selbst da flog ich vor dem Heiligabend raus, und ich kann nicht behaupten, das sei nicht meine Schuld gewesen. Genauso wenig lässt sich sagen, es sei meine Schuld gewesen. Es war einfach nur immer irgendwas, alltäglicher Kram, banale Kleinigkeiten, doch ich war zu ausgelaugt und zu überfüllt zugleich, um dafür Kraft aufzubringen.
Will man wissen, wie weit jemand gekommen ist, genügt es nicht, sich den Punkt anzusehen, an dem derjenige steht. Man muss sich fragen: Von wo ist er losgelaufen? Und welche Last hat er getragen?

Entscheidend ist, was dir zustößt – und noch entscheidender ist, was dir nicht zustößt. Was dir nie zugestoßen ist und was du deswegen nicht auf den Grund eines Brunnens werfen und über zwanzig Jahre lang füttern musst.
Mein Versagen war mein Versagen. Es war nicht meine Wahl und war es doch. So ist das eben. Kein Grund zu klagen. Es hätte mich weit schlimmer treffen können.

Einen ihrer besten Momente hatte meine Therapeutin, als sie mich fragte, ob ich meine Schwestern dafür hasste, dass sie das Haus verlassen, die Vergangenheit hinter sich und ein neues, ein gutes Leben begonnen hatten. Während ich, wie sie es ausdrückte, mich an das Haus band, an die Erinnerungen, an die Geschehnisse, an all das Dunkle und Düstere meiner Kindheit. Sie fragte das, ohne zu wissen, dass das Dunkle und Düstere meiner Kindheit noch recht lebendig im Keller hockte.
Was ich ihr antwortete, war irgendetwas in der Art, dass man manchmal neidisch sei, jeder aber seinen Weg gehen müsse, im Grunde sei das okay.
Was ich ihr nicht sagte, war, dass es Dinge gibt, die bleiben. Keine Zeit heilt sie, sie prägen dich auf immer. Egal welchen Weg du einschlägst, egal ob du fliehst oder bleibst. Egal welches Leben du wählst. Es gibt kein Entrinnen aus der Düsternis. Und ich hasste meine Schwestern für vieles, aber nicht dafür, dass sie ein Leben lebten. In Wahrheit hatte ich es leichter. Viel leichter. Auch wenn ich nichts ungeschehen machen konnte, so war mein Leben doch wenigstens kein einziges Weglaufen, kein unermüdliches Verbergen und Verstecken, kein Ringen um Vergessen.
Ich konnte bleiben und jeden Tag in die Augen der Düsternis sehen. So lange, bis der Blick meines Vaters brach.

URLAUB

WIR FUHREN NIE in den Urlaub. Die Besuche in Spanien bei der Schwester meines Vaters zählten nicht als Urlaub, warum kann ich nicht sagen, ich weiß nur, dass meine Mutter selten bis nie gegen irgendetwas aufbegehrte, nur eben dagegen, dass wir nie in den Urlaub fuhren, außer nach Spanien, und das sei eben kein Urlaub.
Aber einmal fuhren wir doch. Nach Italien. An die Steilküsten Liguriens. Ich muss zehn gewesen sein. Meine Mutter beklagte zwar, dass es hier genauso heiß wie in Spanien sei, aber sie räumte auch ein, dass es durchaus sehr schön wäre. Unter der italienischen Sonne wurde Elli innerhalb von wenigen Tagen tiefbraun, ihre Haare durch die feuchte Meeresluft eine wilde, lockige Mähne, sie sah aus wie eine Prinzessin in einem orientalischen Märchen; Thea dagegen war umgehend krebsrot, schwitzte, und ihre feinen dunkelblonden Haare klebten ihr am Kopf, dass sie aussah wie eine gebadete Maus, wie Mama lachend sagte. Ich maulte herum, dass es an den Steilküsten kaum eine Gelegenheit zum Baden gab und meine Mutter auf Kultur bestand und darauf, mit uns jedes kleine Nest und jede kleine Kirche in diesen Nestern zu besuchen. Mein Vater war aber so guter

Laune, dass er uns für die zweite Woche auf ein Hotel mit einem gigantischen Pool umbuchte, Elli einen Stapel Bücher und eine todschicke Sonnenbrille kaufte, mit meiner Mutter richtig fein essen ging, so fein, dass sie dafür ein neues Kleid brauchte, und Thea jedes Eis spendierte, das sie nur haben wollte. Und das waren Unmengen. Das Blau des Meeres, die Schiffe in den kleinen Häfen, die bunten Häuser, die schmalen schattigen Gassen, in denen wir fangen spielten, und die Italiener lachten darüber, auch wenn wir sie förmlich über den Haufen rannten, die Sonne, die Leichtigkeit in den Restaurants mit ihren Sitzplätzen mitten auf den Straßen, Pizza und Pasta jeden Abend. Meine Mutter, die nie mehr trank als ein gutes Glas Rotwein zum Sonnenuntergang.
Es war eine wunderbare Zeit. War es eine wunderbare Zeit? Waren wir glücklich?

Mein Vater hatte sich schon bald im Hotel unter den Angestellten Freunde gemacht. »Beziehungen sind alles, man muss nur die richtigen Leute kennen«, sagte er, und so fuhren wir an einem Nachmittag zu einem privaten Olivenhain, der sich die Steilküste hinunterzog. Über eine in die Felsen gehauene Treppe kam man vom Olivenhain zu einer sonst unzugänglichen Badestelle in einer schmalen Bucht, geschützt und traumhaft schön. Es gab keinen Strand, nur Felsen und eine flache Stelle, an der eine Leiter direkt ins Meer führte. Das Meer gehörte uns allein. Als besondere Überraschung hatte der Vater Taucherbrillen und Schnorchel besorgt, und so trieben wir auf dem Meer und beobachteten bunte Fische, zarte Quallenwesen, Korallengespinste, kleine Rochen und die silbernen Schwärme der Sardinen, bis wir völlig erschöpft waren. Ich hatte für Thea einen winzigen Oktopus gefangen – das war ganz einfach, der Krake

hatte sich in den Felsen unter Wasser versteckt, und als er nach einem Fisch seine Tentakel streckte, da griff ich zu.
»Fass mal an, Elli«, jubelte Thea, »wie eine Schnecke mit Saugnäpfen!«
Elli verzog angewidert das Gesicht. Sie lag im Bikini auf den warmen Felsen. »Zisch ab, Thea«, sagte sie.
»Zeig den Oktopus mal Mama, Thea«, sagte ich und warf mich neben Elli. Im Gegensatz zu ihr brauchte ich Sonnencreme. Ich klatschte also dicke Flatschen des weißen Zeugs auf meine Arme, meinen Bauch, den Nacken, das Gesicht und folgte Ellis Blick. Sie sah dem Vater zu, der weit aufs Meer herausgeschwommen war.
»Es wäre ganz einfach«, sagte sie, und ihre Stimme war so rau und leise, dass ich sie kaum verstand. Das Meer war ruhig, aber nicht totenstill, Wellen schwappten gegen die Felsen. »Man müsste nur«, sagte Elli, immer noch leise, aber deutlich über den Gesang der Wellen hinweg, »ganz weit rausschwimmen. Und wenn man zu zweit ist, ist es wirklich super einfach, jeder nimmt ein Bein und taucht. Taucht tiefer und tiefer. Oder auch nur so tief, wie es geht, aber eben tief genug. Und wenn einer keine Luft mehr bekommt, dann taucht er auf und der andere hält fest. Dann wechselt man sich ab. Wie lange kann das dauern? Zehn Minuten, zwanzig? Wir sind beide gute Schwimmer. Und hier sieht uns niemand.«
»Ja«, sagte ich. »Es wäre wirklich ganz einfach.«
Und dann sahen wir auf das Meer, zum schwimmenden Vater, und als Thea wieder auftauchte, traurig, weil Mama gesagt hatte, sie müsse den Oktopus freilassen, war auch der Vater zurück, zog sich die Leiter hoch. »Herrlich«, sagte er. »Was wollt ihr zum Abendbrot?«

SPAZIEREN GEHEN

»**ICH KANN ES** echt nicht fassen«, sagte Elli und meinte damit den Brunnen, den ich gegraben hatte. Nicht den toten Vater auf seinem Grund.
»Sie immer mit Ihren Geschichten«, würde meine Therapeutin sagen und anfangen zu lachen. Und hinter ihrem Lachen den Blick verbergen.
Doch war Ellis Reaktion wirklich so unglaubwürdig? Wenden wir uns nicht stets, wenn das Unfassbare geschieht, dem Kleineren, dem Greifbareren zu? Wenn ein Kind stirbt, sucht man dann nicht einen Sarg aus? Ist dieses ganze Sarg-Ausgesuche und Beerdigungen-Geplane nicht ein geschaffenes Ritual, um das Unfassbare, das Unerträgliche aushaltbar zu machen? Warum also nicht mit Elli über meine Grabungstalente plauschen? Natürlich hätte ich Ellis Reaktion auch als Zustimmung deuten können, als unausgesprochenes Schulterklopfen, dass ich den Vater zu Recht und ganz in ihrem Sinne hinabgeworfen hatte.

Während Elli und ich das Geschirr abwuschen, redete Thea auf Mama ein, sie solle sich doch auf das Sofa setzen und etwas Nettes im Fernsehen schauen.
Das letzte Mal hatte Mama vor etwa zwei Jahren fern-

gesehen, und auf dem Sofa saß sie auch nicht mehr. Ihre Beine waren zu unruhig dafür, sie zappelten und zitterten, wollten rennen und springen, und das tat sie dann auch, sprang auf und rannte durch das Zimmer, um das Sofa herum und, wenn ich nicht aufpasste, in den Garten und dann weiter, immer weiter durch die ruhigen Straßen, vorbei an dem ehemaligen Rümpelladen, vorbei an den geputzten Fenstern und gestutzten Hecken, immer weiter und weiter ...

Ich kannte alle Wege und fand sie wieder, musste nicht mal jemandem erzählen, dass sie mir entwischt war, aber ich mochte es nicht, wenn sie weglief, denn sie weinte dann wie ein Kind, das etwas verloren hatte, unwiederbringlich verloren, bitterlich und leise. Nein, kein Sofa und kein Fernseher für Mama, der harte Stuhl am Fenster, der funktionierte als Sitzplatz manchmal, meistens, wenn es regnete. Dann sah sie den Regentropfen nach, wie sie herabrannen, erst einer in den anderen, sich sammelnd, dann unaufhaltsam, eine feine Spur aus Feuchtigkeit.

Am besten war es, man ging mit ihr hinaus einen Spaziergang machen, einen Spaziergang, der eigentlich eine Wanderung war, vielleicht irgendwo jenseits des Hügels und des Randes der Kleinstadt, in die Felder und kurzen Mischwaldflecken, oder in die Stadt, nach Wolle schauen oder Blumen. Einfach laufen und dabei leise vor sich hinbrummen oder -pfeifen, bis sie in das Brummsummpfeifen einfiel, und dann, sobald sie ihr hmhm-pfffpfüü-hmm anstimmte, konnte man selbst damit aufhören und sich Kopfhörer in die Ohren stopfen und hören, ja, was man halt so mochte. Jazz, Krimis, Grönemeyer. Je nachdem, wie das Wetter war. Nur laufen musste man, mit großen ausholenden Schritten und immer voran, nie zögern, nie stehen bleiben, eine

große Runde, erst dann wurde Mama müde und ruhig und sanft. Dann konnte man sie auf den Stuhl setzen oder ins Bett bringen, sie im Garten noch ein wenig auf und ab gehen lassen. Alles easy, alles kein Problem.
Aber das verriet ich Thea nicht.

Elli und ich wuschen Geschirr und hörten dem zunehmend gereizteren Ton von Thea zu, die immer noch versuchte, Mama aufs Sofa und vor den Fernseher zu bekommen, und Elli fing irgendwann an zu grinsen, weil sie mich durchschaute, weil sie ahnte, dass nichts und niemand Mama auf das Sofa bekam und ich das wusste, nur zu gut wusste, und dass dies meine kleine Rache an Thea war, die mir immer vorhielt, ich wisse ja gar nicht, wie das sei, wenn man für jemanden oder etwas die Verantwortung trug.
Manchmal weiß man eben doch, was zwischen den Menschen ist.

»Lass uns laufen«, sagte ich und stellte die letzte Tasse in den Schrank.
»Laufen?«
»Laufen.«
Nach etwa zwei Kilometern – dem Gesichtsausdruck meiner Schwestern nach waren sie kurz davor, mich in den Brunnen zu werfen – stopfte ich die Kopfhörer in Mamas Ohren. An Tagen, an denen nichts mehr gut war und ihre Unruhe unerträglich, und die Angst in ihren Augen die gleiche wie damals, als wir noch Kinder waren, etwa eine halbe Stunde, bevor der Vater nach Hause kam; wenn ein solcher Tag war, holte ich eine Aufnahme hervor und setzte nicht mir, sondern ihr die Kopfhörer auf. Weihnachten in Spanien. Wir Kinder alle nicht mehr als drei Käse hoch, zu Besuch mit Mama und

nur mit Mama bei der Schwester von Papa. In Spanien. Weihnachten in den Weinbergen.

Die Aufnahme – ich konnte nie ermitteln, wie genau sie zustande gekommen war. Ich vermute aber, dass Mama und Tante Elisabeth, nach ihr war übrigens Elli benannt worden, wohl um Papa eine Freude zu machen, denn nach seiner Mutter konnte man das Kind nicht nennen, die hieß Agatha, und Mama war der Meinung, eine Agatha sei unsere Elli nun wirklich nicht; jedenfalls werden wohl Mama und die heitere Tante Elisabeth sich das eine oder andere Glas gegönnt haben, und ich erinnere mich noch, wie Thea mit ihren Wurstfingern immer wieder auf dem Kassettenrekorder herumdrückte, kurzum, die Aufnahme wird wohl ein Versehen gewesen sein. Aber ein wunderbares Versehen, denn sie enthält fünfundvierzig Minuten ausgelassener Weihnachtsstimmung, wild plappernder Kinderstimmen, die Weihnachtslieder singen und Gedichte aufsagen und laut jubelnd Geschenke auspacken. Ich war bestimmt kein sehr sentimentaler Mensch, besonders wenn es um meine Familie ging, aber diese Kassette quoll so über vor Wärme und Herzigkeit, dass selbst ich lächeln musste, wenn ich sie hörte.

Ich setzte ihre Macht nur ein, wenn es unbedingt nötig war – ich fürchtete, sie könnte ihre Wirkung verlieren. Mutters Vergessen war unberechenbar.

Ich stopfte Mama die Kopfhörer in die Ohren, rückwärts laufend und ohne an Tempo einzubüßen, und wartete, bis sie lächelte, dann fragte ich: »Was machen wir jetzt mit der Leiche?«

Thea und Elli blieben schlagartig stehen. Ich aber drehte mich wieder in Laufrichtung, behielt meinen Schritt bei, und Mama, die andächtig und konzentriert unseren da-

maligen Kinderstimmen lauschte, folgte mir im gleichen Tempo. Thea und Elli mussten einige Meter rennen, bis sie wieder zu uns aufschlossen.
»Polizei«, sagte Thea. »Ich ruf die Polizei, du kannst mich mal.«
Elli und ich überhörten sie einfach, so wie früher, wenn Thea auf Pudding zum Abendbrot bestand. »Also die Leiche«, sagte ich, »die kann man halt einfach da begraben. Muss man nur aufpassen, wenn man mal das Haus verkauft, man weiß ja nie, auf was für Ideen die Nachnutzer kommen. Wäre aber die einfachste Lösung.«
Thea schnaufte hörbar, das konnte am Tempo liegen oder am Thema, oder an beidem.
»... dann bleibt er für immer.« Ich hatte nicht erwartet, dass Elli das aussprechen würde. Nicht jetzt schon.
»Ja. Dann liegt er da in alle Ewigkeit. Das stimmt.«
»Nein«, sagte Elli bestimmt, und Theas Schnaufen wurde lauter.
»Dann müssen wir die Leiche eben aus dem Brunnen holen ...«
»Nenn das nicht immer Brunnen«, keuchte mir Thea dazwischen, kurz davor, diesmal wirklich loszuheulen.
»... aus dem Brunnen holen und entsorgen.«
»Meinst du, er ist schwer?«, fragte Elli.
»Nein, ist er nicht. Er hat kaum noch was gegessen in den letzten Wochen. Man sieht ja, wie mager er ist – und außerdem habe ich den Flaschenzug. Der ist stabil genug, mit dem könnte man einen Elefanten hochhieven.«
»Ein Elefant würde gar nicht in deinen Brunnen passen«, fauchte Thea, und Elli und ich fingen an zu lachen und konnten gar nicht mehr aufhören.
Blöderweise kamen wir dadurch aus dem Tritt, und Mama zögerte erst, blieb dann stehen, zog ungeschickt

an den Kopfhörern, bis sie aus den Ohren ploppten, und sah uns misstrauisch an. Elli und ich mussten noch mehr lachen, schüttelten uns und hielten uns die Bäuche, bis Thea wütend aufstampfte, die Fäuste ballte und überhaupt so aussah, als würde sie sich gleich auf uns stürzen und uns verprügeln.

»Ich will gar nicht wissen, worum es geht«, erklärte Mama energisch. »Ich will auch nicht wissen, wer es angefangen hat – ihr seid Geschwister, benehmt euch auch so und findet gefälligst zusammen eine Lösung! Bringt es in Ordnung!«

»Da hast du es gehört, Thea«, sagte ich, und Elli brach lachend neben mir zusammen.

ALS OB ES SCHLÄGE BRÄUCHTE

SCHÖNE MENSCHEN haben es leichter.
Das ist eine der Wahrheiten, die an der Tür unseres Hauses endete. Wäre Elli hässlich gewesen oder wenigstens ein bisschen weniger schön, hätte sie ein wenig mehr vom Gewöhnlichen von Mama gehabt, so wie ich es in mir trage, wäre ihr Körper nicht feingliedrig und leicht gewesen, sondern kompakt wie der Theas oder wenigstens spirrelig und mager wie der meine, alles wäre so viel einfacher gewesen.
Aber sie war schön, ein Leuchten umgab sie, und jeder lächelte, wenn er sie ansah. Nur Papa nicht. Über Papas Gesicht legte sich ein Schatten, wenn er sie ansah, und nichts, was sie tat, war ihm genug, und Elli wollte nichts mehr, als gut genug für ihn sein.
Sie wurde zur rechten Hand meines Vaters, sie begann uns zu überwachen, zu kontrollieren, zu verprügeln, wenn wir die Hausaufgaben oder die Hausarbeiten vergaßen, unsere Blätter zu zerreißen, wenn die Schrift unschön war, wieder und wieder die Vokabeln auf uns niederzubrüllen, bis selbst mein wirrer Kopf sie sich merken konnte. Und alles nur, damit Papa zufrieden war. Nein, natürlich nicht zufrieden, aber zumindest nicht vollständig unzufrieden. Denn ein echtes Versa-

gen, welches ein ganz anderes Versagen war als das, was er uns jeden Tag vorwarf, unser Alltagsversagen, das es brauchte, um ihm einen Grund zu geben, uns Tag für Tag zu verachten – nein, ein echtes Versagen, ein echtes Scheitern unsererseits wäre schließlich sein eigenes Versagen als Vater gewesen. Und dann, so dachten wir, dachten wir alle, aber Elli noch viel mehr als wir anderen, dann Gnade uns Gott.

Denn darum geht es. Geht es immer. Man kann es nicht beschreiben und nicht benennen, und was man nicht beschreiben, nicht benennen kann, das kleidet man in Gründe, Gründe, die aussprechbar und logisch und nachvollziehbar sind. Meine Therapeutin hat ganz viele davon, ein ganzes Buch voller Diagnosen hat sie, Gründe, Gründe, Gründe.
Aber welchen Grund hat ein Mensch, seine Kinder zu vernichten, zu zerbrechen, ihnen jedes Ich aus der Seele zu fetzen und zugleich alles zu tun, dass sie nach außen hin gelungen und intakt und stark scheinen, sodass er seine Hand voller Stolz auf ihre Schultern legen und Sachen sagen kann wie: Es war nicht immer einfach, aber schau an, aus meinen Kindern ist doch was geworden. Nicht wahr?
Kein Bauer trampelt seine Saat nieder in der Hoffnung, der Weizen werde dann doppelt so prall reifen. Wobei, wer weiß, was Bauern tun. Wenn sie ungesehen über die Felder gehen. Gott ist ja immer beides, Schöpfer und Zerstörer.

Jenseits aller Götter grub ich. Grub Schäufelchen für Schäufelchen mein Grab. Mir war es egal. Thea dagegen kämpfte. Mit der Schule, mit ihrem Körper, um die immer mehr schwindende Aufmerksamkeit unserer Mutter, gegen Elli, gegen die Übermacht des Vaters, gegen das Unausgesprochene. Während ich mich weiter und weiter vom Haus entfernte, um die Erde aus meinen Taschen zu schütten, verbiss sich Thea zunehmend tiefer in das Haus, seine Regeln und Erwartungen. Und scheiterte.

Elli schminkte sich nicht, trug die dunklen Locken kurz geschoren, trug weite, quadratische Pullover – doch der burschikose Look ließ sie nur noch zarter, sanfter wirken, betonte das Leuchten, weil sie es zu verbergen suchte. Thea trieb Sport, um schmaler zu werden, aber ihr störrischer Körper baute für jedes Gramm verlorenes Fett zwei Gramm Muskeln auf; sie zupfte sich die Augenbrauen, ließ die Haare bis weit über die Schultern wachsen, klaute Mama das teure Parfüm. Aber es war wie verflucht, keiner in der Familie konnte das sein, was er sein wollte.

Nur ich war ganz zufrieden, ich grub an meinem Grab, und das Gesicht meines Vaters, seine prasselnden Worte und sein Körper, der, so schien es mir oft, in der Wut anschwellen konnte, bis er das ganze Zimmer erfüllte und es einem alles, was man noch in sich hatte, vor Furcht aus dem Körper trieb – Schweiß, Tränen, Rotze, Pipi, die Seele –, sie gingen mich nichts mehr an.

»Hat Ihr Vater Sie geschlagen, als Sie Kinder waren?« – Das wäre eine Frage, wie man sie von einer Therapeutin erwartet, oder? Aber sie hat sie nie gestellt. Vielleicht hätte ich ihr die Geschichte mit dem Glas doch erzählen sollen.

Hat der Vater uns geschlagen?
Aber ja, natürlich hat er, doch das war nicht weiter schlimm.

Und alle so: »Waaaas?« und: »Wie kann das nicht schlimm sein! Gewalt an Kindern, blahblahblah.«

Als ob es Schläge bräuchte, als ob mein Vater Schläge gebraucht hätte. Nun wirklich nicht. Er war kein Prügler, keiner, der die Kontrolle verlor und auf seine Familie eindrosch, nein, mein Vater war schließlich ein anständiger Mensch.

Wenn er uns schlug, dann aus der Überzeugung heraus, dass man Kindern Grenzen setzen musste, wenn sie es übertrieben hatten. Das gehörte sich so, so hatte er es von seinem Vater gelernt, und sein Vater von seinem Großvater. Ein Klaps musste gelegentlich sein.

GEISTERWACHT

STERNENHIMMEL. Die Kühle des Oktobers trieb uns nicht ins Haus. Ich saß mit Elli auf der Terrasse, die Decken über den Beinen. Wir hatten Pizza kommen lassen, die leeren Kartons stapelten sich auf dem Tisch, jetzt tranken wir Wein und sahen schweigend in den Abend.
Mama schlief, Thea telefonierte mit ihrem Mann, der wissen wollte, was los war und was er mit den Kindern anfangen sollte – es klang nicht nach einem freundlichen Gespräch. Aber wie hätte er auch verstehen sollen, dass die Frau am frühen Morgen aus dem Haus lief und nicht wiederkam, und all das ohne einen einigermaßen plausiblen Grund. Ich hatte Thea sieben- oder achtmal »Akzeptiere es einfach« sagen hören, dann war ich nach draußen zu Elli geflüchtet.
Elli musste niemanden anrufen. Elli war frei. Selbst in ihrem Job musste sie niemandem Rechenschaft ablegen. Mir fiel wieder einmal auf, dass ich nicht genau wusste, was Elli eigentlich machte – allerdings wusste umgekehrt auch sie nichts über mein Leben. So ist das manchmal zwischen den Menschen.
Wir sprachen nicht, saßen nebeneinander und tranken Wein, und vielleicht war es der schönste Abend, den

wir je miteinander verbracht hatten. Vielleicht, flüsterten meine Gedankenglühwürmchen, vielleicht kommt auch Thea noch raus und trinkt ein Glas mit uns, und dann wird alles gut. Wir schütten alles zu – den Brunnen und die Gräben zwischen uns, wir werden Freunde, und wenn Mama nicht mehr ist und auch unter der Erde liegt, dann leben wir glücklich bis ans Ende unserer Tage.
Die Tür hinter uns gab ihr herbstmüdes Knarzen von sich, und ich dachte ›Thea‹, aber es war die Mutter. Blass wie ein Geist in ihrem hellen Nachthemd stand sie in der Tür und sah in den Abend hinaus. Ihr Blick ging durch uns hindurch, über den Garten hinweg, in ein Nichts, das wir nicht erfassen können. Geistergleich still war sie, man hörte ihr Atmen nicht, für einen Moment wollte ich glauben, sie atme wirklich nicht mehr, sei zum Geist geworden.
Doch es war einfach nur die Mutter. Die alte Mutter, die im Nachthemd in der Terrassentür stand.
Ich ging zu ihr und legte eine Decke um ihre Schultern, eilte dann davon, um wenigstens die Hausschuhe zu holen. Die warmen, die aus Vlies mit dem Fell innen.
Mama blieb geisterstill, als ich ihr die Schuhe über die nackten, kalten Füße schob, sie hob nur je ein Bein an, gerade so, dass es reichte. Sie blieb still, als ich ihr eine Jacke überzog, einen Schal umlegte und dann wieder die Decke. Blieb still in der Tür stehen, und die Herbstkühle zog ins Haus. Irgendwo aus der Küche drang Theas Stimme zu uns: »Akzeptiere es. Bitte.«
Ich ließ also Mama, wo sie war, und setzte mich wieder zu Elli und dem Wein.
»Das erinnert mich an früher«, sagte Elli. »Damals stand Mama auch so da. Nur vor meinem Zimmer halt. Immer nachts. Stand sie vor meinem Zimmer.«

»Ja, ich weiß.«
»Also: ich meine, so still und im Nachthemd.«
»Ja.«
»Aber damals war sie noch nicht so ...«
»Da bin ich mir nicht sicher.«
Elli zog die Nachtluft ein, tief, als wolle sie testen, wie viel ihre Lungen von all dem aufnehmen konnten.
»Stand sie je vor einem ... anderen Zimmer?«
Ich überlegte. Eine ganze Weile. Nicht die Antwort fiel mir schwer, die wusste ich, ich überlegte, ob ich lügen sollte. Lügen, damit vielleicht doch noch alles gut wurde.
»Vor Theas«, sagte ich schließlich. »Einmal.«
»Ach«, sagte Elli und dann nichts mehr.
Und Mama stand da, und wir waren wieder fünfzehn und zwölf Jahre alt, wir waren einander wieder fern und jeder für sich. Und Mama stand da und wachte über uns.

SPINNEN

MEIN VATER HATTE es nicht nötig, uns zu schlagen. Wahre Macht zeigt sich nicht in dem, was du jemandem antust – wahre Macht ist, wenn du alles tun kannst oder auch nur tun könntest, und der, dem du es antust, wird es nie verraten. Wahre Macht ist die uneingeschränkte Loyalität deiner Opfer.

Aber manchmal, ganz selten, nutzen dir weder die Macht noch die Schläge. Zum Beispiel, als Thea sich weigerte, in den Keller zu gehen, wegen der Spinnen.
Der Keller war, besonders vorn an der Tür, gleich wenn man hereinkam, voller Spinnen. Dicke, fette, riesige, schwarze, haarige Spinnen. Und es wurden immer mehr, und sie lauerten regelrecht darauf, dass jemand die Tür öffnete, so sagte jedenfalls Thea, und dann krochen sie wie ein einziger schwarzer Teppich auf einen zu. Egal, was man tat – ganze Dosen voller Insektengift auf sie sprühte, sie zertrampelte, wegfegte, einsaugte mit dem Staubsauger –, es wurden nicht weniger. Spinnen, Spinnen, Spinnen.
Als Kinder hatten wir Pflichten im Haushalt, das war geklärt, geregelt und sauber geplant. Damit es gerecht blieb, wurden die Aufgaben durchgetauscht, jeder war

mit allem irgendwann dran – Abwasch, Unkraut jäten, Staub wischen, Eingewecktes aus dem Keller holen. Elli kniff die Augen zu, biss die Zähne zusammen und sprang über die Spinnen, schnappte sich das nächstbeste Glas, das einigermaßen nach den gewünschten Birnen oder Kirschen aussah, und sprang zurück über die Spinnen auf die Treppe.

Thea aber war keine Elli. Eine Zeit lang gelang es ihr, mir ihren Kellergang zu übertragen, aber trotz aller Vorsicht kam der Vater natürlich dahinter. Der Vater kam immer dahinter. Er legte Thea übers Knie und versohlte ihr den Arsch.

Doch die erwartete Wirkung blieb aus. Thea erklärte ihm, ohne auch nur ein einziges Mal seinem Blick auszuweichen, dass er sie gern schlagen könne, so oft er wolle, aber zu den Spinnen gehe sie nicht mehr hinunter. Nie mehr. Und wie sie da vor ihm stand, zitternd, aber entschlossen, da fiel meinem Vater ein, dass er ja doch kein Unmensch war, also seines Wissens nach, und so fragte er, wer denn hier alles noch ein Problem mit den paar Spinnen habe. Alle hoben die Hände wie in der Schule. Also: alle außer mir und der Katze.

Mein Vater stöhnte demonstrativ genervt und ging mit schweren, sicheren Schritten in den Keller, riss die Tür auf und starrte auf die Tausenden und Abertausenden Spinnen, die durcheinanderwuselten und weder von dem einfallenden Licht noch von seinen schweren Schritten beeindruckt waren. Er machte die Tür wieder zu.

»Gut«, sagte er und zeigte auf mich. »Dann ist der Keller jetzt deine Aufgabe. Dafür bist du von allem anderen befreit.«

Und dann wurde nie wieder ein Wort über die Spinnen gesprochen.

Mir machten die Spinnen nichts aus – ich war es ja schließlich, der sie heimlich und in Massen züchtete. Irgendwie musste ich meine Schwestern fernhalten. Mama war kein Problem, da bot man einfach seine Hilfe an, wenn es einmal vorkam, dass sie etwas hinunter- oder heraufhaben wollte, und dass Papa überhaupt je die Kellertreppen hinabstieg, daran konnte ich mich nicht erinnern, jegliche Arbeit im Haus und Garten war nicht seine Sache. Aber für die Schwestern brauchte es etwas, das sie mit Sicherheit abschreckte und keinesfalls auf mich zurückfallen würde. Spinnen gab es schon immer im Keller, und nicht wenige. Erst fing ich an, Kellerasseln in alten, feuchten Kartons zu vermehren – das war einfach, es brauchte nur ein paar schrumpelige Kartoffeln und moderiges Obst. Aber das gute Futterangebot allein reichte nicht – ich ging dazu über, gezielt Winkelspinnen in der Nachbarschaft zu fangen und sie miteinander zu paaren. Dafür hatte ich mir von meinen Schulkameraden nach und nach ein paar aussortierte und angeschlagene Aquariengläser besorgt. Die Kokons mit den Spinneneiern bewachte ich gut, und die Jungtiere hielt ich geschützt in den ehemaligen Aquarien, bis sie groß genug waren, sich in meiner Spinnenarmada zu behaupten.

Mit etwa fünfundzwanzig hatte ich ein Date – es war sehr nett, wir verstanden uns gut, und dann kamen wir auf Haustiere zu sprechen, und damit ich auch etwas über meine Kindheit erzählen konnte, erzählte ich von den Spinnen, die ich im Keller züchtete, und wie sie vor der Tür herumlungerten wie ein Teppich.
»So ein Unsinn!«, sagte mein Date. »Spinnen sind Fluchttiere! Die hauen einfach ab.«
»Vielleicht sind sie zahm geworden, ich habe ihnen immer Asseln gebracht ...«

»Asseln?«
»Ja. Ganz viele, die sind einfach zu vermehren, wenn die Lebensbedingungen stimmen.«
»Trotzdem würden nie und nimmer so viele Winkelspinnen auf einem Haufen herumhängen! Die würden sich gegenseitig auffressen, und fertig.«
Wir haben uns danach nie wiedergesehen. Und mir blieb aus der ganzen Spinnengeschichte letztlich nur Folgendes:

1. Eine gute Geschichte braucht nicht nur absolute Hoffnungslosigkeit, sondern auch Glaubwürdigkeit. Hoffnungslosigkeit ist einfach, da muss man nur die Wahrheit erzählen. Aber Glaubwürdigkeit ist schwer, denn dafür darf man keinesfalls die Wahrheit erzählen.
2. Mein Vater hatte Angst vor Spinnen. Als er da auf der Treppe stand, die Klinke der Kellertür in der Hand, und auf den Teppich aus Spinnen starrte, erkannte ich: Mein Vater hatte Angst, also war er ein Mensch, also konnte man ihn doch töten.

So und so habe ich den Spinnen viel zu verdanken.

HOCHKOMMEN

DER MORGEN kam grau.
Meine Schwestern schliefen noch in ihren Zimmern, es hatte Vorteile, wenn man Dinge so ließ, wie sie waren. Alte Betten zum Beispiel in alten Zimmern.
Mama war wie immer früh auf den Beinen, ich hatte sie bereits geduscht und angezogen, ihr ein Frühstück bereitet, die Pillen in ein Stück Käse geschmuggelt, war mit ihr im Garten gewesen und hatte sie eine Weile dafür begeistern können, die verblühten Rosenköpfe einen nach dem anderen abzuschneiden und auf den Kompost zu bringen.
Gerade als Mama so weit war, dass ich hoffen konnte, sie eine Weile auf den harten Stuhl am Fenster zu parken und somit Zeit für frischen Kaffee und Zigaretten zu haben, sah ich einen Mann am Zaun. Ein großer Kerl in einer abgenutzten Regenjacke. Er stand da einfach, im Grau des Morgens, und sah zu mir und Mama herüber.
Ich fürchtete mich nicht. Ging leichten Schrittes zu ihm und sagte: »Hallo Jens, du willst zu Thea, was?«
Statt einer Antwort zog er die Nase hoch. Jens war so oder so kein Mann der großen Worte, er vertraute seinen Händen, seinem Fleiß, seinem ruhigen Gemüt, er

war ein feiner Kerl und ein Stoffel. In einem anderen Leben hätten wir uns gemocht, aber in diesem war ich nur das seltsame Geschwisterchen, ein Fremdkörper in seinem Alltag. Ein störendes Ding, das gottgegeben da war; man bemerkte es gar nicht, und wenn, dann stand man an einem grauen Oktobermorgen davor und wusste nicht, was man sagen sollte. Also zog er die Nase hoch.

»Komm rein«, sagte ich. »Wollte eh gerade Frühstück machen. Magst du Rühreier mit Speck?«

»Schon wieder Eier?«, fragte Elli und stocherte im Essen. Thea schien es nicht zu stören, sie war bei der zweiten Portion, und auch Jens schaufelte, nach anfänglicher Skepsis, ordentlich in sich hinein. Mama saß auf ihrem Stuhl und summte fröhlich vor sich hin – was mich unruhig machte.

Ich zuckte die Schultern. Die Eier bekam ich von einem Nachbarn, dem es eine Freude war, sie mit verschwörerischer Miene und unter Nennung des Huhns, das sie gelegt hatte, über den Zaun zu reichen. »Die sind von der Friedel«, sagte er und zwinkerte, als würde er mir ein Tütchen Koks zuschieben. »Das sind die besten«, antwortete ich und lobte die Friedel und ihre Kolleginnen, nahm den Eierkoks und ging meiner Wege.

Der Nachbar war einer der wenigen Menschen, die meinen Lebensstil gut fanden – daheimbleiben und sich um Mutti kümmern, das war was Rechtes, das taugte ihm. Gut, er wusste nichts vom Brunnen im Keller und nicht, dass ich einen Großteil der Eier an die Krähen verfütterte.

Heute fütterte ich meine Familie, und zumindest Teile der Familie waren damit zufrieden. Elli schlug ich vor, sie könne sich ins Auto setzen und einkaufen, was immer sie lieber möge. Ich hätte eine Liste, was sie sonst noch mitbringen könne.

»Ja, wie jetzt?«, polterte Jens dazwischen. »Wohnt ihr jetzt hier zusammen, oder was?«

Elli und Thea schauten drein, als ob sie sich schlagartig dieselbe Frage stellten.

»Und, Jens? Hast du die Kinder gut in die Schule bekommen?«, fragte ich freundlich interessiert, und Jens lief rot an, fuhr mit der Gabel in die Eier, als wollte er Mist schaufeln, und stopfte sich eine ordentliche Portion in den Mund.

Fünf Minuten lang schwiegen wir alle, nur Mama summte.

Dann war es Elli, die Verantwortung übernahm.

»Jens«, sagte sie und beugte sich vor. Ihre braunen Locken fielen ihr sanft ins Gesicht, die dunklen Augen strahlten Wärme und Verständnis aus, sie war ganz zugewandt und fest wie ein Fels in der Brandung. »Wir müssen was klären – wir wollen nicht, aber wir müssen. Wir dachten alle, dass es vergangen und vergessen ist, aber wahrscheinlich kann man nichts, was in Familien geschieht, wirklich vergessen, es kommt immer wieder hoch. Und mit vielem kann man einfach leben, aber manches muss man dann ganz hochholen und eine Lösung finden. Eine endgültige, saubere, anständige Lösung. Familien sind Arbeit. Familien sind ein Organismus, der umsorgt werden muss, damit er nicht anfängt, sich selbst zu verdauen – du kennst doch diese Tiere, die sich selbst verdauen, wenn es zu wenig Nahrung gibt? Ich komme nicht darauf, wie die heißen, aber jedenfalls sind sie wie Familien. Wenn es hochkommt, muss man sich darum kümmern.«

»Was?«, machte Jens, der einfach nicht verstand, wovon sie redete. »Was kommt hoch?«

»Mir die Galle«, fauchte Thea. Von null auf hundert, Eskalation ohne jedes Vorzeichen, ganz und gar meine kleine Schwester. Und auch wenn es sich jetzt, wo ich es erzähle, ein wenig anhört wie schlechtes Laientheater, so muss man mir doch glauben, dass es keines war. Thea gelang es innerhalb eines Wimpernschlages, die gesamte Stimmung, ja, die gesamte Situation kippen zu lassen und in echter Empörung und echter Verzweiflung zu kreischen: »Ich bitte dich nie um etwas, Jens. Ich bin immer da, wenn mich jemand braucht. Du, die Kinder, deine übergriffige Mutter, diese nervige Frau von deinem Arbeitskollegen – du weißt genau, wen ich meine. Ich führe deinen dämlichen Hund aus, wische Rotznasen ab, geh in einem bescheuerten Job arbeiten, damit das Geld reicht, und mäh am Wochenende den verfluchten Rasen, damit er ›dicht und weich‹ bleibt, wie du es gern hast. Und jetzt brauch ich einmal! EINMAL! zwei Tage frei, weil wir eine familiäre Krise haben. Und du? Was machst du? Hilfst du mir, unterstützt du mich? So wie ich dich immer unterstütze? Hm? Jens?«

Wenn Jens ein Mann gewesen wäre, der seiner Frau gewachsen war – oder zumindest etwas schlagfertiger –, dann hätte er wohl gefragt, ob Thea eigentlich alle Steine auf der Schleuder habe und was bitte der Umstand, dass sie den Rasen mähte, damit zu tun hatte, dass ihm keiner einen Grund nannte, einen ordentlichen, gescheiten Grund, warum er plötzlich alleinerziehender Vater war. Aber da er eben einfach nur Jens war, sagte er: »Hä? Wie soll das gehen? Ich arbeite doch! Und soll dann noch die Kinder und den Hund und den Haushalt?«

»Ist mir egal, bekomm's hin.« Thea stand auf und ging. Mama summte. Ich dachte darüber nach, die Küche zu streichen.

Elli nickte verständnisvoll. Zupfte sich die braunen Locken aus dem Gesicht und sagte sanft: »Jens, ich weiß, das ist nicht einfach. Es ist wirklich nicht so, dass wir glücklich mit der Situation wären!« An der Stelle warf sie mir einen Blick zu, wie um den Wahrheitsgehalt ihrer Worte zu prüfen. Dann fuhr sie fort: »Ich verspreche dir, es sind nur ein paar Tage. Familien sind einfach manchmal kompliziert – aber das Gute ist, wenn wir das geklärt haben, dann wird ...«
»Himmel«, fuhr ich dazwischen. »Nun sag's ihm halt.«
Elli starrte mich an.
»Jens«, sagte ich und erhob mich dabei, beugte mich über den Frühstückstisch und stützte mich mit den Fäusten auf, »der Papa ist tot.«
Elli schnappte nach Luft, Thea warf irgendetwas im Wohnzimmer um. Mama summte. Ich fuhr unbeirrt fort: »Die Mama ist dement – wir müssen einfach mal klären, wie wir es mit dem Erbe halten. Ich finde, da ich mich um Mama kümmere und den Laden hier in Schuss halte, steht mir das Haus zu. Und zwar jetzt schon. Ich will, dass Mama es mir überschreibt – und das restliche Erbe, so es dann mal so weit sein wird, durch drei geteilt wird. Meine beiden Schwestern sehen das anders.«
»Ihr streitet um Geld?«, fragte Jens und war sichtbar erleichtert.
»Ja, leider muss man das wohl so sagen.«
»Also ... dann ...« Jetzt rang er kurz mit sich; es war mir völlig klar, dass er absolut nicht der Meinung war, mir stünde das Haus zu, und er schwankte noch, ob er sich einmischen oder lieber seiner Thea das Schlachtfeld überlassen sollte. »Also dann«, wiederholte er, »klärt das. Eine Woche kann ich Thea hier ... also kann ich, sagt ihr, ich kümmere mich um alles. Das passt schon. Ich nehme halt Urlaub, nicht. Klärt das. Aber anständig.«

Pause.

»Ach, ich sag es ihr selbst«, stellte Jens fest und machte sich auf den Weg durchs Haus.

Elli starrte mich noch immer an.

»Elli?«, fragte ich.

»Ja?«, sagte sie zögernd.

»Wir sollten die Küche streichen. Fährst du mich in den Baumarkt?«

SPATEN, EIMER, RUCKSACK

MIT EINER PFLANZSCHAUFEL ein Grab auszuheben ist kein besonders cleveres Unterfangen. Aber ich hatte ja Zeit, von daher war das schon ganz in Ordnung – bloß als ich dann beschloss, einen Brunnen zu graben, kam ich mit dem Schäufelchen nicht weiter. Und mit dem Hosentaschendreck auch nicht. Inzwischen war ich fast dreizehn Jahre alt, meine Mutter stand nachts vor dem Zimmer meiner Schwester, und den Morgen begann sie mit Kaffee und Korn.
Der Vater arbeitete viel, kam aber jeden Abend pünktlich nach Hause. Wir Kinder standen dann in Reihe und hielten Rapport über unser Tageswerk. Es war ein ruhiges, geordnetes Leben.
Die Freunde meiner Schwestern, die früher im Garten mit uns spielten und sich im Wohnzimmer die Münder mit Süßkram vollstopften, waren inzwischen zu pickeligen Wesen verkommen, und sie begannen Pärchen zu bilden, zu knutschen und ständig über irgendwas zu kichern.
Das kann so natürlich nicht stimmen, Thea und Elli waren ja einige Jahre auseinander, die Freunde von Thea spielten noch Fangen und Fußball, während die von Elli bereits ihre ersten sexuellen Erfahrungen machten.

Zudem waren meine Schwestern vom Wesen grundverschieden, und es war undenkbar, dass ihre Freunde vom gleichen Schlag gewesen wären – und doch kamen mir diese Kinder, Teenager und später jungen Erwachsenen stets völlig gleich vor. Allerdings scheinen mir alle Menschen außerhalb der Familie sehr ähnlich zu sein, wie die Bäume eines Waldes.

Und ich? Ja, auch ich pflegte Kontakte, zumindest gerade so weit, dass niemand sich zu wundern begann.

Wobei. Eine Lehrerin gab es, die uns, also nicht nur mich, sondern auch Thea und Elli, immer sehr genau ansah – und ein- oder zweimal versuchte sie auch, mit Mama zu reden, weil ich »stiller geworden« sei, »noch stiller als so schon« – aber Mama schüttelte nur den Kopf und verwies auf die Pubertät, in der ich mittendrin sei.

Was sollte die Lehrerin auch tun? Wir waren alle drei stets sauber und adrett gekleidet, wir hatten Frühstücksbrote dabei, und jede Unterschrift der Eltern konnten wir am nächsten Tag vorlegen. Unsere Noten waren hervorragend (Elli) bis tauglich (ich), wir sagten Bitte und Danke, grüßten höflich, und die Alkoholfahne meiner Mutter war kaum zu bemerken.

Und dann klaute ich einen Spaten. Einen Spaten, einen Baueimer, so einen, in dem man Mörtel anrührt, und einen Rucksack, der ursprünglich für Werkzeug gedacht war und mir sehr robust und stabil vorkam. Ich hätte den Kram lieber gekauft, aber Taschengeld gab es keines, die Weihnachtsgeldgeschenke der Großtanten kamen sofort auf ein Sparbuch, und auch sonst war es unmöglich, irgendwie Geld zu besitzen oder zu erarbeiten, ohne dass der Vater die Hand darauf hatte.

Ich klaute also einen Spaten, und wenig überraschend stellte sich heraus: Eine Pflanzschaufel klaute sich leichter. Natürlich wurde ich erwischt – aber weil es eben hin

und wieder Zufälle gibt, beobachtete genau diese Lehrerin, wie mich der gereizte Verkäufer in der orangefarbenen Weste anherrschte, wohin ich denn mit dem Zeug wolle, hier gehe es jedenfalls nicht zur Kasse, und überhaupt observiere er mich schon seit einer halben Stunde, wie ich hier herumlungere – und sie kam herüber, legte den Arm um mich und erzählte dann wortreich davon, dass sie ihr Portemonnaie zu Hause vergessen habe und ich nur so nett gewesen sei, solange auf ihren Spaten und ihren Eimer und ihren ... äh ... Werkzeugrucksack aufzupassen. Und der nette Herr werde mir wohl nicht übel nehmen, dass mir beim Warten öde geworden sei und ich usw. usf. Sie werde dann jetzt auch zahlen.
»Du machst mir aber keinen Mist damit?«, sagte sie, als wir draußen vor dem Baumarkt standen. Ich mit dem Rucksack auf dem Rücken und den Spaten in der einen, den Eimer in der anderen Hand.
»Nein«, sagte ich. »Ich muss nur was in Ordnung bringen.«
Sie nickte, und ich sah den Zweifel in ihrem Blick. Der ja auch nicht zu Unrecht darin lag.

Später, als Papa dann verschwunden war und meine Schwestern aufblühten, Elli schöner wurde, als sie es je war, und Thea aufhörte, Puppen die Köpfe abzureißen, als sie lachend mit ihren Freunden schwimmen gingen und in die Stadt, ihre Freunde uns zu Hause besuchten, auch ohne dass ein Glas mit Süßigkeiten auf dem Tisch stand, und meine Mutter nur noch nach Kaffee roch und nicht mehr nach Korn – da kam sie noch einmal auf mich zu. Sie fragte nicht nach dem Spaten und dem Eimer, sie fragte mich, warum meine Schwestern sich so veränderten und ich so still sei wie immer.
Ich sagte nichts dazu, was hätte ich auch sagen sollen.

Wahrscheinlich habe ich mir meine Therapeutin nur ausgesucht, weil sie mit ihren blonden Locken jener Lehrerin ein wenig ähnlich sah.

So ein Spaten war jedenfalls viel praktischer als eine Pflanzschaufel, und ich kam recht gut voran. Ich grub jede Nacht. Wartete, bis Mama ihre Wache beendet hatte, schlich nach unten, fütterte die Spinnen und grub genau einen Rucksack voll Erde aus – dann schlich ich mich aus dem Haus und verstreute die Erde irgendwo in der Nachbarschaft.
Nacht für Nacht.

Bis heute kann ich nicht sagen, warum mein Vater, der von allem im Haus wusste und von allem, was wir jenseits des Hauses taten, mich nie erwischt hat. Ich weiß es einfach nicht.

(UN)SINN

JENS WAR GEGANGEN, Thea machte sich an den Abwasch, Mama lief, von Elli mit Argusaugen bewacht, durch den Garten, und ich sagte: »Ich bin mal zwei Stunden weg, ich habe einen Termin.«
»Nen Scheiß hast du«, zischte Thea. »Du wirst uns hier jetzt nicht allein lassen! Auf gar keinen Fall! In diesem, diesem verfickten, dreckscheißbeschissenen Horrorhaus!«
Elli stimmte ihr zu, wenn auch weniger dramatisch. »Du gehst nirgendwohin.«
»Ich muss«, sagte ich. »Hab nen Therapietermin.«
Nun muss ich an dieser Stelle ein Geständnis machen: Ich habe ein wenig gelogen. Oder zumindest nicht korrekt und vollständig erzählt, denn bisher habe ich vermutlich den Anschein erweckt, als wäre ich ganz und gar freiwillig bei meiner Therapeutin. Als wäre das ein Ausdruck von erwachsenem Verhalten, einer gewissen Reife und einem Bemühen um Stabilität und geistige Gesundheit.
Das stimmt so nicht – ich habe eine Therapeutin, weil es vor ein paar Jahren, nicht allzu lang her, aber inzwischen doch eine Weile, einen Vorfall gegeben hat, der recht dramatisch verlief, und, ich will das auch nicht

beschönigen, ich hatte zu viel getrunken, ich war zu traurig, zu verloren, und es war mir die Hoffnung abhandengekommen, ich wollte nicht mehr Tag für Tag Eimer voller Fäkalien aus einem Brunnen ziehen, jedenfalls: Ich habe mir die Pulsadern aufgeschnitten. Ja, ein Klischee, ich weiß, und völlig zu Recht haben Sie da mehr von mir erwartet, aber so war es, und ich will jetzt nicht lügen und irgendwas von einem Banküberfall und einer dramatischen Verfolgungsjagd durch die Polizei erzählen, obwohl das bestimmt eine sehr unterhaltsame Lüge wäre, nein, ich habe mir die Pulsadern aufgeschnitten und ich habe es gründlich getan. Und wenn nicht ausgerechnet in dieser Nacht Mama aufgewacht und im Nachthemd aus dem Haus gerannt wäre, geradewegs in die Arme des Nachbarn, der mit den Hühnern, dann hätte diese Geschichte längst ihr Ende gefunden.

Aber der Nachbar fand mich, und man brachte mich ins Krankenhaus, dort flickte man mich zusammen und überlegte, mich für eine Weile auf der geschlossenen Psychiatrie zu behalten, doch Elli gelang das Kunststück, mich recht bald, also nach ein paar Tagen, ich erinnere mich nicht mehr genau, wie viele es waren, aus der Klinik zu holen. Der Vater hatte im Keller gut gelitten, muss ich zugeben, und Thea hatte auf Mama aufpassen müssen, dazu auf ihre kleinen Kinder, die überall herumkrochen und nichts als Unsinn anstellten, zumindest erzählte Thea so davon, und wenn die Spinnen nicht ihre schützende Kraft entfaltet hätten, wäre am Ende vielleicht noch jemand in den Keller gegangen. Das hätte blöd ausgehen können, und deswegen war die Therapie, die also von mir freiwillig und einsichtig fortgeführt wurde, eine gewisse Sicherheitsmaßnahme, und na, sagen wir so: Ich sollte da schon hingehen.

Thea und Elli erinnerten sich sehr oft und sehr gut daran, wie es in den Tagen meiner Einweisung gewesen war, und auch das beweist nur wieder einmal, wie ungerecht ihre Vorwürfe mir gegenüber waren, ich würde nur herumlungern, nichts arbeiten und mir den Hintern wärmen.
»Du musst da hin«, sagte Elli.
Thea warf mit dem Geschirrtuch nach mir, widersprach aber nicht.

Ich kam wie immer pünktlich. Meine Therapeutin war erkältet. Großartig, dachte ich mir, noch jemand mit schlechter Laune.
»Wie sehen Ihre Pläne aus?«, fragte sie.
Mein Alltag war ein wichtiges Thema, ich brauchte Struktur und Stabilität im Leben, insofern war diese Frage sehr typisch, wir machten Dienst nach Vorschrift. Mir sollte das recht sein.
»Ich fahre mit Elli in den Baumarkt«, sagte ich. »Wir streichen die Küche.«
»Wer wir?«, fragte meine Therapeutin, die wie gesagt nicht ganz auf der Höhe war, und deswegen wusste ich nicht, ob sie nur nicht zuhörte oder ob das eine therapeutisch ploppende Frage war.
»Elli, Thea und ich. – Also: meine Schwestern und ich«, ergänzte ich sicherheitshalber, sie sah wirklich krank aus.
»So? Wann haben Sie denn das letzte Mal was gemeinsam gemacht?«
»Öhm. Gemeinsam?«
»Ja.«
»... das ist eine gute Frage.«
Da freute sie sich, und ich freute mich, ihr eine Freude gemacht zu haben.

»Was ist denn der Anlass? Für so ein gemeinsames Gestalten?«

»Ach, wir haben da noch eine Leiche im Keller, und wenn wir die entsorgen, brauchen wir einen Grund für die Folien und Müllsäcke und so, die wir ins Haus rein oder raus tragen – Sie wissen ja, wie Nachbarn sind.«

Meine Therapeutin stöhnte auf, und auch wenn sie es nie aussprechen würde, so wusste ich doch, was sie mir gern sagen wollte: Eine Erkältung und ich waren gleichzeitig nicht zu ertragen.

»Also, warum nun gerade die Küche?«, fragte sie, und dann redeten wir darüber, dass die Küche das Herz der Familie sei. Und solcherlei Unsinn mehr.

SCHAUFEL FÜR SCHAUFEL

ALS ICH SECHZEHN wurde, erreichten meine Schulnoten ihren Tiefstand. Den Abschluss der mittleren Reife schaffte ich gerade so. Jeder um mich herum hatte für meine Schwäche Verständnis und wurde nicht müde zu betonen, welch schwere und anstrengende Zeit hinter mir, hinter uns allen lag. Papa war verschwunden, meine Mutter kämpfte, um uns Kinder durchzubringen, das Haus nicht zu verlieren – aber wenn uns die Familie, besonders Papas Schwester in Spanien, nicht finanziell unterstützt hätte, dann, ja dann …
Was sie nicht wussten, natürlich nicht wissen konnten: Ich war noch mittendrin in der schweren Zeit. Papa war für alle und jeden verschwunden, nur nicht für mich.
Man denkt an so vieles, wenn man Schaufel für Schaufel einen Brunnen aushebt, um den Vater da hineinzuwerfen. Zum Beispiel denkt man darüber nach, ob man das wirklich tun wird oder ob es nur eine, zugegeben etwas düstere, Fantasie ist. Und man überlegt sich, wie und worauf der Vater da unten schlafen soll, woher man das Essen für ihn bekommt, wie tief der Brunnen sein muss, damit er nicht direkt wieder herausklettert, und dass, wenn der Brunnen zu tief ist, er sich beim Sturz das Genick brechen könnte.

Immer und immer wieder testete ich, ob ich aus dem Brunnen herauskäme – ohne die Leiter zu benutzen, versteht sich –, aber es war natürlich nicht dasselbe. Mir fehlte es an Verzweiflung, an Mut, an Angst, an einfach allem. Also grub und grub ich immer weiter. Die Steine, die ich einen nach dem anderen aus dem Boden des Kellers buddelte, stapelten sich mittlerweile an den Wänden, nur die Erde entsorgte ich noch immer jede Nacht.

Ich beherrschte die Handschrift meines Vaters schon sehr früh, es fiel mir schon immer leichter, etwas zu imitieren, als etwas Eigenständiges zu entwickeln, und so hatte ich frühzeitig einen Abschiedsbrief verfasst, in dem mein Vater (also ich in der Handschrift meines Vaters) erklärte, die Ehe sei ihm unerträglich geworden und er wolle einige Zeit bei seiner Schwester in Spanien verbringen. Später kam ein Kündigungsschreiben für seine Firma dazu, außerdem eine lange Liste, in der er Anweisungen an seine Familie gab, wie nun weiter zu verfahren sei – denn die Weigerung, ein Wort mit uns zu sprechen, sei nicht gleichbedeutend damit, dass er seine Rolle als Familienoberhaupt aufgebe.
Hier muss ich kurz einlenken, weil ich befürchte, die Geschichte eines solchen Abschiedsbriefs und einer solchen Liste, die einfach so von meiner Familie akzeptiert und mehr noch: befolgt wurde, könnte völlig unglaubwürdig sein – zu märchenhaft, zu fantastisch sozusagen. Ein Tyrann, der seine Tyrannei pausiert, um Urlaub in Spanien zu machen. Knall auf Fall und ohne jede Vorbereitung oder Ankündigung, und der seiner Familie schriftlich hinterlässt, wie sie sich ›so lange‹, wobei völlig offen bleibt, was dieses ›so lange‹ meinen könnte, zu verhalten habe, und die Familie so: alles klar, machen wir, weil steht ja hier auf dem Zettel.

Wer glaubt denn so was?

Ich sag es mal anders: Das Unsichtbare ist kein Privileg meiner Familie. Das Unsichtbare ist überall, all das, was Menschen anderen tagalltäglich so antun und Menschen sich tagalltäglich so antun lassen. Gewalt, Unterdrückung, Missbrauch. Klar, man denkt immer nur an die Fälle in den Nachrichten, wo der Ehemann die Frau ans Auto bindet und um den Block schleift, oder an die Kinder, die in ihren Babybetten verhungern, oder total nette Söhne, die urplötzlich dem Vater ein Brotmesser in den Hals rammen. Und das passiert ja immer nur in anderen Dimensionen, nicht wahr, nicht bei einem selbst, nicht in der eigenen Familie, nicht in der eigenen Nachbarschaft. Und wenn es in der Nachbarschaft passiert, dann zieht man eben weg.
Aber zwischen dem Brotmesser im Hals, das in den Medien landet, und der Normalität bzw. der postulierten Normalität, dass Menschen anständig miteinander umgehen würden – da liegt viel Scheiße. Und irgendwo in diesem Haufen Scheiße ist meine Familie nur eine von unzähligen Familien. Und meine Familie hätte sich dem Vater gefügt, selbst wenn er seine Botschaften durch Aliens hätte übermitteln lassen. So gesehen war eine Liste mit Anweisungen etwas sehr Handfestes.

Und falls Sie sich fragen, warum ein Tyrann bitte Urlaub machen sollte – also erstens brauchen auch Tyrannen gelegentlich Sonne und Sangria, und zweitens: Das ist Macht. Die anderen völlig im Unklaren zu lassen, sie ohne jede Erklärung hilflos und angsterfüllt im Schweigen zurückzulassen. Und zu wissen, dass sie auch das dulden werden, es decken werden und dass nichts, was hinter der Fassade liegt, je sichtbar wird.

Schauen Sie, ich hätte den Vater auch einfach erschlagen und in den Jugendknast gehen können. Da hätte es drei Mahlzeiten am Tag gegeben, und auch sonst stelle ich mir das Leben dort eher ruhig vor. (Was vielleicht naiv ist, aber irgendeine Illusion muss man sich ja bewahren.)
Habe ich aber nicht. Ich stieß den Vater in den Brunnen und sprach Jahrzehnte kein Wort mit ihm.

Wo war ich? Ach ja, der Papierkram. Also: Abschiedsbrief, Kündigungsschreiben, Vaters absoluter Wille – und natürlich eine Bankvollmacht, an deren Wirksamkeit ich meine Zweifel hatte, berechtigt, wie sich später herausstellte, aber immerhin hatte ich es versucht. Außerdem hatte ich einen Vorrat an Büchsennahrung angelegt und mehrere Eimer besorgt, wobei ich noch unschlüssig war, wie das mit der Entsorgung der Fäkalien funktionieren sollte. Etwas länger brauchte ich für die Überlegung, wie denn mein Vater nach Spanien käme, ohne je nach Spanien zu gehen. Flugzeug fiel da schon mal flach, wegen Verfolgbarkeit der Tickets, der Typ, der mit dem Zug fährt, war er nicht – blieb nur das Auto. Auch da musste man tanken, klar, und das würde die Frage nach den Kreditkartenabrechnungen aufwerfen. Es war jedenfalls verdammt schwierig, jemanden verschwinden zu lassen, als hätte ihn der Erdboden verschluckt.

Am Ende entschied ich mich für das Auto und suchte den nahe gelegenen Baggersee nach einer Stelle ab, an der ich unauffällig, das heißt, ohne Reifenspuren oder Ähnliches zu hinterlassen, ein Auto versenken konnte.
Ich plante, Schaufel für Schaufel, und doch denkt man nicht genug, wenn man fünfzehn ist und einen Brunnen

gräbt. Man kennt das Leben in seiner pingeligen Konsequenz nicht, und keine Fantasie reicht aus, wenn es darum geht, etwas Undenkbares in die Tat umzusetzen. Am Ende steht man am Rand eines großen Lochs und schaut auf den Papa runter, der da schwer atmend und blutend – aber durchaus lebendig – liegt, und es wird einem klar, dass man mit der Nummer nie und nimmer durchkommen wird.

Es war Weihnachten, die Nacht vom Heiligabend auf den ersten Weihnachtsfeiertag, und ich tat einfach, was ich mir ausgedacht hatte. Ich ließ meinen blutenden Vater auf dem Grund des Brunnens und machte mich daran, das Auto in den See zu fahren.

TANZEN

WIR ALLE TUN Dinge im Verborgenen. Auch wenn wir uns vielleicht nur genüsslich in der Nase bohren und dabei auf dem Klo sitzen, heimlich die Haut essen, die wir von unseren Zehen puhlen, oder dem DHL-Boten auf den Hintern glotzen. Oder natürlich etwas weit weniger Ekliges, Sie verstehen schon, worauf ich hinauswill.

Was ich mehrfach und ausführlich erzählt habe, ist, dass Elli unfassbar erfolgreich war, irgendwas mit Wirtschaft und international, und dass Elli sehr vernünftig und klug, bestimmend, durchsetzungsfähig und wunderschön war. Was ich aber nicht erzählt habe, war, dass Elli heimlich tanzte.

Ohne Musik, ohne jeden Laut und nur für sich. Sicherlich wird sie auch getanzt haben, wenn Musik lief, so wie jeder tanzt, wenn Musik läuft, vielleicht in irgendwelchen coolen Clubs in New York oder mit Kopfhörern in ihrem riesigen Wohnzimmer oder eng umschlungen mit einem Mann, der genauso schön und genauso erfolgreich war wie sie. Ganz bestimmt tat sie das, aber das ist nicht das Tanzen, von dem ich spreche.

Elli tanzte, wenn es still war, ganz still um sie herum, und sie summte dann nicht etwa oder klatschte sich

einen Rhythmus zurecht, nein, die Musik war einfach nur in ihrem Kopf, und sie tanzte. Auch jetzt gerade, wo sie dachte, ich wäre mit Thea im Haus und sie allein im Garten, da tanzte sie. Zwischen den Zucchini.
Haben Sie schon einmal Glühwürmchen gesehen? Nicht ein einzelnes oder zwei, sondern einen ganzen Schwarm kurz nach der Dämmerung über einer Wiese, einem Feld? Winzige Lichtpunkte gegen den Sommernachthimmel, die eins sind und einzeln zugleich? Auftauchend und verlöschend? Elli tanzte, wie Glühwürmchen schweben. Und vielleicht, dachte ich, vielleicht tanzte sie ein bisschen für mich mit.

SPURLOS

DAS AUTO, ES WAR ein etwas in die Jahre gekommener Volvo, ein familientaugliches Fahrzeug in langweiligem Schwarz – es war nicht da. Ich stand in der Garage, den Autoschlüssel in der Hand – und starrte auf den Betonboden. Mir wurde schlecht, ich wusste nicht, wie das sein konnte, was ich tun sollte, was überhaupt ich gerade tat. Und dann fiel mir ein, dass der Vater es vor dem Haus hatte stehen lassen. Ich sah ihn vor mir, wie er am Morgen in die Küche ging und es der Mutter sagte und die Mutter nicht fragte, warum und weshalb, sondern nur nickte, und es kam mir vor, als hätte sich diese Szene vor undenklichen Zeiten abgespielt.

Ich ging also nach draußen, betete, dass alle Nachbarn schliefen, tief und fest, stieg ins Auto, zog die Tür zu, so leise es nur ging, und startete den Motor. Tante Bärbel hatte mir mit ihrem Cinquecento das Fahren beigebracht. Heimlich natürlich, eine kleine Verschwörung nur zwischen uns beiden, und auch das war vor Äonen gewesen. Der Volvo fuhr sich freilich nicht wie ein Cinquecento, aber es ging schon. Langsam, aber nicht zu langsam, vorsichtig, aber nicht zu vorsichtig, lenkte ich den Wagen durch die Straßen dieser unbedeutenden Kleinstadt. Vorbei an den perfekt gestutzten Hecken, den Häusern, in denen nirgends ein Licht mehr brannte, alles war dunkel, als gäbe es keine Menschen auf der Welt. Ich lenkte den Volvo und ich lenkte das Schicksal meiner Familie. Meine Mutter würde stiller werden, von Tag zu Tag. Sie würde das Klatschthema Nummer eins sein, sie, die Verlassene mit den drei Kindern. Jeder würde es längst kommen gesehen haben, jeder würde gewusst haben, dass die Ehe schon lange nicht mehr lief. Mutter würde keinen Ton dazu sagen, nicht jammern, nicht klagen, kein schlechtes Wort über den Vater verlieren.

Ich steuerte erstaunlich sicher aus der Siedlung, über die Landstraße, und nirgends ein Mensch oder auch nur ein anderes Auto. Nichts als die Nacht, das Schnurren des Volvos und ich. Meine Mutter würde sich als Putzfrau bei den Nachbarn verdingen müssen, um uns irgendwie durchzubringen. Ihre Hände würden rot werden, schorfig, trotz der Handschuhe. Hilfe beim Amt würde sie nicht suchen, das wäre dem Vater nicht recht gewesen. Das würde sie wissen, auch wenn es nicht auf der Liste stand.

Der Wald tauchte schwarz vor mir auf, schwärzer noch als der Nachthimmel, dahinter wartete der See. Vorsichtig bog ich in den Waldweg ein, knirschend fraßen sich die Räder voran, doch nichts hielt mich, hielt den Wagen, hielt das Kommende auf. Vorwärts, immer nur vorwärts. Die Selbstverständlichkeit und das erhobene Haupt meiner Mutter in den nächsten Jahren, der Fleiß, die Sparsamkeit, die Weigerung, Sozialhilfe zu beantragen – meine Therapeutin würde von der Würde sprechen, die meine Mutter sich bewahrte. Und sich wieder einmal irren. Das Einzige, was meine Mutter bewahrte, war die Fassade. Das Ansehen unseres Vaters.

Der See, eigentlich eine Kiesgrube, vor nicht allzu langer Zeit hatten hier noch Bagger gestanden, hatte einen Badestrand. Aber dahin wollte ich nicht, ich fuhr auf die andere Seite, wo die Ufer des Sees noch steil waren, steil und rutschig vom Kies. Wo der See tief war, wo ein Warnschild neben dem anderen stand. Baden verboten! Lebensgefahr!
Ich parkte den Wagen an einer abschüssigen Stelle, so schlau war ich immerhin, und jetzt, so dachte ich, einfach einen Stein aufs Gaspedal, so wie ich es schon unzählige Male im Film gesehen hatte. Und ab mit dem Wagen in den See.

Doch so einfach war es nicht. Es war wie mit dem Vater, den ich verschwinden lassen wollte, damit wir frei waren. Und so, wie der Wagen sich weigerte, sich auf seinen Weg in den See zu begeben, wie seine Räder sich in den Kies fraßen, festfraßen, so fraß sich meine Mutter in der Fassade der Familie fest. Und meine Schwestern taten es ihr gleich. Man schützte das Unsichtbare, das gemeinsame Geheimnis und letztlich den Vater mit aller Kraft.
Und ich begann mit aller Kraft, mich gegen den Wagen zu werfen. Nichts Lächerlicheres wird man an diesem See je gesehen haben, also, wenn es denn jemand gesehen hätte: Ich, mager, schlaksig, pickelig, stemmte mich gegen den Kofferraum eines stattlichen, prächtigen Volvos und versuchte, ihn irgendwie in den verdammten See zu bekommen.
Nichts. Nichts erreichte ich. Also musste ich neu denken.
Ich machte den Motor aus und begann (mal wieder) zu graben. Dieses Mal die Räder aus dem Kies, eines nach dem anderen. Ich grub mit bloßen Händen. Zuerst. We-

nigstens hatte ich rechtzeitig umgedacht, es war nicht zu spät, der Kies noch lose genug – die Räder und der Wagen nicht unrettbar versunken. Ich kam gut voran, und dann fand ich, und dafür möchte ich mich bei den schlampigen Kiesgrubenbaggerfahrern bedanken, die nicht anständig aufgeräumt hatten, eine alte Schaufel und einige Bleche oder Metallplatten, keine Ahnung, was das für ein Zeug war, aber ich legte es unter die Räder. Ich arbeitete fieberhaft, ich schwitzte und heulte, aber ich hatte keine Wahl, ich musste fertig werden, bevor es Morgen wurde.

Und dann, dann ging es plötzlich. Nicht leicht, nicht einfach, aber meine Kraft, meine Wut, mein Hass reichten aus, um den Wagen zu bewegen, ins Rutschen zu bringen, er glitt plötzlich unaufhaltsam und mit ihm Unmengen an Kies in den See. Seine Schnauze tauchte ein, er richtete sich auf, sank blubbernd und blobbernd hinab, sein Kofferraum wie ein Entenbürzel in der Luft, und dann war er weg.

Mein Vater aber war noch da. Bei ihm würde es nicht genügen, ihn spurlos verschwinden zu lassen wie das Auto. Es würde auch nicht genügen, ihn zu töten. Ich würde ihn vollständig auflösen müssen. So, als hätte es ihn nie gegeben. Das war der einzige Weg. Das wusste ich da aber noch nicht.

GAFFER

DER BAUMARKT war mir Freund und Vertrauter. Das Gewimmel der Menschen, die durch die Regale eilten und versuchten, die richtigen Schrauben und Bretter zu finden, die Lampenabteilung mit ihren unzähligen Leuchtmitteln und einer breiten Auswahl an unfassbar hässlichen Lampen, die Duschkabinen und die Tapetenmuster, die Teppichböden auf dicken Rollen. Und natürlich: die Gartenabteilung.
Wenn man die Verantwortung für ein kleines Haus auf einem Hügel am Rande einer unbedeutenden Kleinstadt hatte und dazu eine Mutter und einen stillen Vater, da kannte man jede Abteilung. Es war immer etwas zu reparieren, abzusichern, zu hämmern und zu nageln, zu verputzen und zu bauen. Der Baumarkt war mir vertraut bis ins letzte Schraubenregal, aber Elli sah aus, als wäre sie auf einem anderen Planeten gelandet.
»Wieso willst du die Küche streichen?«
»Wir brauchen einen Grund, alles braucht einen Grund. Und die Küche hat es nötig«, sagte ich.
Und Elli sagte: »Wie du meinst.«
Jeder, der unser Gespräch belauscht hätte, beiläufig, im Vorübergehen oder auch analytisch, so wie meine Therapeutin sich die Aufnahmen unserer Sitzungen

immer noch einmal anhörte, auf der Suche nach Zwischentönen, die ihr entgangen waren, jeder hätte an ein mehr oder weniger normales Gespräch zwischen zwei Geschwistern geglaubt. Ich meine jetzt nicht den Umstand, dass wir einen Grund brauchten, um zusammen zu sein, das hätte sogar meine Therapeutin hellhörig gemacht, ich meine, dass ich ein Argument nannte und Elli sagte: »Wie du meinst.«

Elli sagte nie ›Wie du meinst‹, denn Theas und meine Meinung, sprich, die Meinung der kleineren Geschwister, war etwas, das bis ins Letzte ausgemerzt gehörte. Wenn wir zusammen schlafen wollten, trennte sie uns – wenn wir getrennte Wege gingen, zwang sie uns in ein gemeinsames Zimmer. Wollten wir Würstchen, gab es nie welche, und wollten wir Streuselkuchen, bestand sie auf Pflaume. Elli bestimmte; das Bestimmen, das Überstimmen, war etwas, das sie in den Kindertagen aufgenommen und nie wieder abgelegt hatte.

Erst letztes Jahr, als ich zu Mamas Geburtstag eine kleine Feier vorschlug – mit Tante Bärbel und dem Rest der verbliebenen Verwandtschaft, dazu ein paar Nachbarn, außerdem Bienenstich und Tafelspitz –, da hatte sie alles und jeden kritisiert und geändert und bestimmt, und am Schluss lief es auf einen anderen Tag, eine andere Gästeliste, Apfelkuchen und Kassler hinaus. Sinnlos, aber konsequent nannte ich das, und sie warf dann einen Schuh nach mir. Wie jedes Mal. Seit über dreißig Jahren.

›Wie du meinst‹ hieß, dass etwas passiert war. Nein, es lag nicht daran, dass Elli sich gescheut hätte, mich im Baumarkt mit Schuhen zu bewerfen. Ganz bestimmt nicht. Außerdem hätte sie mit Leichtigkeit darauf bestehen können, dass der Wintergarten es nötiger hätte als die Küche. Oder das Schlafzimmer von Mama. Oder

Streichen nichts brachte, wenn man nicht auch einen neuen Boden verlegte. Irgendeinen Widerspruch hätte es geben müssen. Aber nichts.

»Eine Erschütterung der Macht ich spüre«, sagte ich, blöderweise nicht mit Yoda-Stimme, sondern im krächzenden Ton einer Hexe. Und dann machte ich noch einen auf Glöckner von Notre-Dame, hinkte mit angedeutetem Buckel in Richtung Tapeten.

»Mit großer Macht kommt große Verantwortung«, sagte Elli trocken und folgte mir. »Und vergiss nicht, dass ich dich immer noch verkloppen kann.«

Wir landeten bei den Klebebändern, und Elli nahm gedankenverloren ein Gafferband in die Hand. Ich sage ja immer, dass man nicht weiß, was zwischen den Menschen ist, aber in diesem Moment wusste ich ganz genau, woran Elli dachte.

»Willst du aus Nostalgie eins mitnehmen«, fragte ich, »oder eher zur praktischen Verwendung?«

»Ich überlege noch«, sagte Elli. »Aber eher Zweiteres.«

»Ja, ich hab echt nichts dagegen, wenn du Thea hin und wieder die Klappe zuklebst.«

»Genau. Thea.« Elli zog die Augenbrauen hoch, und mir war klar, dass sie ernsthaft erwog, mir auf der Stelle einen Streifen Gaffer über den Mund zu ziehen.

Ach, gemeinsame Kindheitserinnerungen. Das hat schon was.

Es war uns verboten, am Tisch zu sprechen. Vater war ein hart arbeitender Mensch, er brauchte seine Ruhe, und überhaupt hatten Kinder am Tisch zu schweigen. Besonders dann, wenn die Erwachsenen ein Gespräch führten. Elli war das gute Kind und hielt sich dran, ich war das schweigsame Kind, das eh froh war, wenn niemand mit ihm redete – aber Thea. Thea und ihr Sinn für Drama. Wobei, das stimmt so nicht ganz. Als wir nur klein genug waren, so drei oder vier, hielten auch Elli und ich uns nicht an das Gebot und plapperten hier und da los oder begehrten auf oder begannen das Streiten. Dann gab es einen Streifen Klebeband quer über den Mund.

Der Vater stand auf, ging zur Kommode im Flur, holte das Gafferband, wo es stets ordentlich verstaut war, und schnitt einen Streifen ab, den er uns dann ohne ein Wort über den Mund klebte – natürlich so, dass wir atmen konnten und uns auch sonst kein Schaden entstand. Er war ja kein Unmensch.

Dann saß man am Tisch, schweigend, konnte natürlich nicht essen, mit dem Kleber über der Schnauze, saß da und wartete, dass der Vater, abermals ohne ein Wort, das Band mit einem schnellen Zug abriss, schnell, weil es so am wenigsten wehtat. Er war ja ein anständiger Mensch. Thea in ihrem Drama probte ein paarmal den Aufstand und rannte vor dem Vater und dem Klebeband davon, aber das gab sich recht schnell.

Als wir etwas größer waren, also in etwa so, dass wir alle die Regel verstanden hatten und auch Thea nicht mehr davonlief, und wenn der Vater nicht da war – etwa weil eine Reise oder ein geschäftlicher Termin ihn abhielt oder was immer der Grund sein mochte –, wenn wir also ohne Vater am Tisch saßen, dann übernahm Elli die Aufgabe des Mundzuklebens. Hie und da tat sie es auch dann, wenn wir ihr zu sehr auf die Nerven gingen. Zuerst war sie etwas ungeschickt, sodass der Klebestreifen locker saß oder die Nasenlöcher halb verstopft waren – aber sie hatte es schnell raus und handhabte das Gaffer so sicher wie der Vater.

Natürlich rebellierte Thea dagegen, sah gar nicht ein,

dass Elli die Aufgaben des Vaters übernahm. Aber Elli prügelte sie zweimal windelweich, und dann war auch das geklärt.

Meine Therapeutin würde fragen, ob ich denn von Elli nicht so etwas wie eine Entschuldigung erwarten würde – oder Elli, die ja eine starke und kluge Frau geworden war, in diesem (oder irgendeinem anderen) Augenblick nicht den Versuch gemacht hätte, sich bei mir, bei uns zu entschuldigen.
Aber das war natürlich wieder eine dieser Albernheiten, die daher kommen, dass meine Therapeutin einfach keine Ahnung von Menschen hat – sich zu entschuldigen hätte bedeutet, dass es wahr gewesen wäre. Dass alles wirklich geschehen wäre.

Elli und ich kauften schließlich ein: Farbe, ein neues Rollo für das Küchenfenster, mit Gänseblümchen darauf – Thea würde es hassen –, ein paar neue Abdeckfolien, Pinsel und Rollen sowie einen niedlichen kleinen Tritt mit Fröschen darauf. Die Frösche hatten keine tiefere Bedeutung, Elli hatte den Tritt ausgesucht, und mir war ausnahmsweise nicht nach Widerspruch zumute. Außerdem erwarben wir verschiedene Packungen Schrauben, Nägel und Dübel, eine neue Lampe – wennschon, dennschon, hatte ich argumentiert – und zwei Rollen Gafferband. Elli zahlte.

STURM

DAS AUTO IN den See zu schieben, hatte deutlich sichtbare Spuren hinterlassen. An mir – und am Ufer des Sees. Ich war trotzdem zurückgelaufen, über Schleichwege, hatte die Kündigung meines Vaters in einen Briefkasten geworfen, und den Abschiedsbrief würde Mama auch bald finden. Jetzt starrte ich vor Dreck, musste unbemerkt ins Haus kommen, duschen und nach dem Vater sehen. Der atmete noch immer schwer, saß aber aufrecht im Brunnen. Ich warf ihm eine Flasche Wasser hinunter, eine aus PET versteht sich, und ging ins Bett.

Und plötzlich, wie aus dem Nichts heraus, begann ein Sturm, wie ich ihn noch nie erlebt hatte. Nein, natürlich wird er nicht aus dem Nichts heraus gekommen sein, der Wetterbericht wird ihn angekündigt haben, und es werden vorab Wolken aufgezogen sein, dunkle Wolken, Unheil verkündend und all das. Doch ich hatte nichts davon bemerkt, für mich schüttete es urplötzlich wie aus Kübeln, es drosch eiskaltes Wasser vom Himmel, Bäume fielen um, Bäche traten über die Ufer. Niemand kam aus dem Haus, die Kirchen standen leer, an Weihnachtsspaziergänge war nicht zu denken. So ziemlich

alle Besuche fielen aus, und die Leute mussten Kuchen und Braten, Gänse und Karpfen allein essen oder auf den nächsten Tag, auf den nächsten Anlauf zu Familientreffen und Festessen hoffen.
Ein reinigender, wütender Sturm brauste und tobte und spülte alles weg. Ich sah es förmlich vor mir, die abschüssige Stelle, den losen Kies und darauf die Schaufel, die Metallplatten – ich war zu müde, zu erschöpft gewesen und der Morgen zu nah, und obwohl es so ein Leichtes, nur ein, zwei Handgriffe, also eigentlich nichts gewesen wäre, sie aufzuheben und in den See zu werfen, hatte ich sie liegen lassen. Ein reines Vergessen, Übersehen, Versäumen des Offensichtlichen.
Und nun sah ich vor mir, wie der Regen, der kein Regen war, sondern ein himmlischer Wasserfall, wie er sintflutartig auf das Ufer, die abschüssige Stelle, den Kies prasselte und Kieselstein für Kieselstein ins Rutschen brachte, und mit ihm all das verräterische Zeug, wie er alles, alles und jedes ins Rutschen brachte und zu einer Lawine vereinte, die für immer im See versank.

Mama fand den Abschiedsbrief. Sie sagte kein Wort zu uns Kindern, entschuldigte Papa mit der Ausrede, er sei einem Nachbarn helfen gegangen und komme in dem Sturm nicht mehr zurück. Meine Schwestern glaubten es, und ich, na ja, ich ... nun, wenn mir nicht gerade da aufgefallen wäre, dass ich vergessen hatte, für den Papa, der schließlich auf dem Weg nach Spanien war, um dort eine längere Auszeit von der Familie zu nehmen, eine Auszeit, die, wenn es nach mir ginge, niemals enden würde, jedenfalls für den Papa auch ein paar Koffer voller Kleidung und anderem Zeug zu packen und verschwinden zu lassen, dann hätte ich mir einreden können, ich hätte die Lage im Griff.

LIEBE

EIN TIER, WENN es nur lang genug in Gefangenschaft verweilt, wird die Freiheit als seinen Feind betrachten – nicht den Käfig. Täter und Opfer gehen einen Bund ein, einen Pakt, der nicht zu brechen ist. Egal, ob sich das Opfer beugt oder auflehnt, alles, was es tut, kreist um den Täter. Und jenseits des Täters gibt es nichts.

Ich verliebte mich trotzdem.

Da war ich achtzehn, und eigentlich war das Schlimmste vorüber, wir hatten uns hineingefunden in das Leben ohne bzw. mit verschollenem Vater. Mindestens zehn Jahre würde es dauern, bis man ihn für tot erklären konnte oder wenigstens den Antrag dafür stellen, und bis dahin würden wir klarkommen. Nur noch selten schreckte Mama im Schlaf hoch, weil sie davon träumte, dass ihr Mann zurückkehrte.

»Halt, halt, halt«, würde meine Therapeutin rufen. »Woher wollen Sie denn wissen, was Ihre Mutter träumte und schreckte? Sie sagen doch immer, Ihre Mutter redete nie mehr vom Vater, als unbedingt sein musste?

Und jetzt sagen Sie, sie habe Ihnen ihre tiefsten Ängste mitgeteilt?«
Meine Therapeutin, wenn ich auch nicht weiß, welche Farbe ihre Augen haben – aufmerksam ist sie, ja, das ist sie wirklich.

Nein, meine Mutter sprach nicht mit mir darüber – aber wenn ich in der Nacht den Vater versorgte, tagsüber war das ja nur schwer möglich, also wenn ich nachts die Eimer hinabließ und heraufholte, sie leerte und reinigte, des Vaters Sachen wusch und ihm seine kargen Mahlzeiten bereitete – auch das bald eingespielt und Routine –, dann schlich ich stets am Zimmer der Mutter vorbei. Und gar nicht mal so selten hörte ich, wie sie seinen Namen rief. Nicht sehnsüchtig oder traurig, sondern immer mit einem tiefen Erschrecken darin. Je stiller sie wurde, je mehr sie auf dem Weg ins Vergessen war, umso öfter hörte ich nachts den Namen meines Vaters.

Es war eben jene ruhige, fast schon friedliche Zeit, in der ich mich verliebte. Ich jobbte damals gleichzeitig in einem Gartencenter und einem Eisladen, in beiden Läden als Aushilfe mit nicht allzu vielen Stunden, aber stets auf Abruf, nebenbei gab ich vor, mich auf Ausbildungsstellen zu bewerben, verschlief aber die meisten Stunden meiner ›Freizeit‹, dafür war ich nachts umso aktiver, und es war eben jene Zeit, in der meine Familie hoffte, es würde einfach alles gut werden – mit der Mutter und dem Geld und dem Haus und uns Kindern, allen Kindern, sogar mit mir.

Doch ich wollte von der Liebe erzählen. Meine Schwestern waren dauernd verliebt. Selbst als der Vater noch da war – also sinnbildlich gemeint für: als der Vater noch

nicht als verschollen galt –, flüsterten sie sich leise zu, wer gerade ihr Herz erobert hatte. Sie schrieben Zettelchen mit Namen und Herzchen darauf, versteckten diese irgendwo im Haus. Meiner Meinung nach war das eine hirnrissige Idee. Wenn man ein Geheimnis hat, hat man ein Geheimnis. Ich schrieb doch auch keine Zettel mit ›Brunnen‹ oder ›Grab‹ darauf, malte ein paar Steine und Schaufeln daneben und versteckte sie im Haus!
Aber die Liebe ist offenbar keine, wenn man sie nicht der Gefahr des Entdeckens aussetzt – oder meine Schwestern sind schlichtweg hirnrissige Dummköpfe.

Ich war achtzehn, als ich mich haltlos verliebte. Vielleicht aber war das gar keine Liebe und kein Verliebtsein, nicht einmal ein Verknalltsein, sondern nur der Schock darüber, dass mich jemand ansah. Mich wahrnahm. Ich jedes Mal, wenn dieser Mensch in meiner Nähe auftauchte, beinahe so etwas wie eine eigene Existenz bekam. Über die Person, in die ich mich verliebte oder nicht verliebte, will ich nichts erzählen – also nichts, was ihre Identität offenbaren würde. Denn diese Geschichte kann, wie uns allen bewusst ist, nicht gut ausgehen, und diese Person soll nicht hineingezogen werden, nicht berührt werden von dem Widerlichen, das mich umgibt und das ich in mir trage. Überhaupt wird die Person sich nicht mehr an mich erinnern und soll es auch nicht. Niemand soll sich an mich erinnern, denke ich manchmal, nur der Vater, der Vater soll mich auch nach seinem Tod nicht vergessen haben.

WEIHNACHTEN OHNE VATER, ABER MIT GANS

ES WAR DER erste Weihnachtsfeiertag, draußen tobte ein Sturm biblischen Ausmaßes, und meine Mutter stand in der Küche, den Abschiedsbrief meines Vaters, also den von mir fingierten Abschiedsbrief, in den Händen. Sie stand da, die Tasse mit dem morgendlichen Kaffee-Korn-Gemisch dampfend neben sich, darauf vertrauend, dass die Kinder mit den Weihnachtsgeschenken beschäftigt waren, mit den Keksen und dem Kakao, die es heute statt eines ›richtigen‹ Frühstücks gab.

Ich lugte durch den Spalt der angelehnten Küchentür und sah, wie sie den Brief las, sich aufrichtete, für einen Augenblick ganz gerade stand und dann die Tasse neben sich ergriff und den Inhalt in die Spüle goss. Dann setzte sie einen neuen Kaffee auf.

Mal abgesehen vom Sturm und dem fehlenden Vater war es ein ganz normaler erster Weihnachtsfeiertag. Wir verbrachten diesen Tag stets nur für uns, Vater, Mutter, Kinder, diesmal eben dann nur Mutter, Kinder, aber es gab zum späten Mittagessen Gans mit Klößen und Rotkohl, wir sahen Märchenfilme im Fernsehen, und dann abends waren Kerzen auf dem Tisch und die Mutter ließ uns so lange Hörspielkassetten hören, wie wir wollten. Elli, Thea und ich schliefen über den *Drei ???* ein, auch wenn Elli für solche Kindergeschichten schon zu erwachsen war, doch sie widersprach nicht, als Thea die Kassette einlegte, und so lagen wir alle zusammen in Ellis Zimmer, in Ellis Bett, vollgestopft mit Lebkuchen und Schokolade, denn auch dafür hatte uns Mama an diesem Weihnachten kein Limit gesetzt. Ich verschlief die ganze Nacht, tief und fest, ich sah diesen einen ganzen Tag nicht einmal nach Papa.

Der nächste Morgen kam, der nächste Tag kam, weil immer ein nächster Tag kommt, im Guten wie im Schlechten, und der Sturm hatte sich gelegt, und die Mutter räumte und putzte und machte sich bereit für den Ansturm der Verwandtschaft, die am Nachmittag erwartet wurde. Tante Bärbel natürlich und dann zwei Cousins und eine Cousine von Mama, und auch wenn unsere Großeltern beiderseits nicht mehr da waren, so gab es doch zwei Großtanten (väterlicherseits), die zu den hohen Feiertagen bei uns aufkreuzten und uns Kindern Geld zusteckten.
Meine Mutter räumte und putzte, buk zwei Bleche Kuchen, gedeckter Apfel mit Zimt und Donauwelle, und bereitete Verschiedenes für das Abendessen vor. Man muss wissen, die Großtanten waren keine Freunde des warmen Abendessens. Sie fanden, warm isst man nur zu Mittag, und überhaupt sollte Mama sich nicht so viel Mühe machen. »Nicht so viel Mühe« bedeutete für meine Mutter, etwa acht verschiedene Salate zuzubereiten, darunter einen aus gekochtem Rindfleisch und einen aus Rinderzunge, Rote-Bete-Salat, natürlich nicht aus vorgekocht gekaufter Bete, das schmecke man schließlich, sagten die Großtanten, dazu mindestens noch Eier- und Möhren- und Rettichsalat, außerdem gab es immer eine Suppe, denn Suppe galt den Großtanten nicht als warme

Mahlzeit. Dazu freilich Aufschnitt und Käse, hübsch angerichtet auf silbernen Platten, verschiedenes Brot, mit dreierlei Butter (normaler, Kräuterbutter und Tomatenbutter), Perlzwiebeln und Gürkchen und derlei Kleinigkeiten mehr. Der Tisch bog sich förmlich unter der Last, und wenn nach und nach alle gingen, die Großtanten zuerst, dann die Cousins und Cousinen und zum Schluss Tante Bärbel, so beteuerten sie alle, wie unnötig es sei, ihnen etwas mitzugeben, trugen aber die extra mitgebrachten Tupperdosen gut gefüllt nach Hause. Alles wie immer eben.

Nun, nicht ganz natürlich, denn der Vater fehlte. Und auch wenn Mama ihnen allen gleich beim Hereinkommen an der Tür zuflüsterte, sie sollten nicht fragen, wegen der Kinder, man werde später – und am Kaffeetisch laut und deutlich betonte, wie schön es doch sei, dass der Vater den Nachbarn so helfe wegen des Sturms, und wie wichtig gute Nachbarschaft sei, hatte doch eine der Großtanten den Wink nicht verstanden oder nicht verstehen wollen und beschwerte sich, dass es doch keine Art sei, die Familie an so einem Tag allein sitzen zu lassen. Wann er denn endlich komme, der Vater?
Meine Mutter stand auf, griff in die Tasche ihrer Schürze – die sie trug, weil sie ja ständig zwischen Küche und Festtisch hin und her eilte – und holte den sorgfältig zusammengefalteten Brief meines Vaters hervor. Erst dachte ich, sie werde ihn entfalten und daraus vorlesen, aber sie hielt ihn nur in der Hand und sagte dann in kurzen knappen Worten, dass der Vater auf unbestimmte Zeit die Familie verlassen habe, er sei in Spanien, und sie wisse nicht, wann er zurückkehre.

Schweigen.

Nur Thea natürlich wollte prompt die Klappe aufreißen, aber Elli kniff sie unter dem Tisch so fest in den Oberschenkel, dass sie nur einen unterdrückten Schmerzenslaut von sich gab.

Schweigen.

Dann Blicke, die hin und her huschten, und dann sagte die Großtante, die ja mit ihrer Begriffsstutzigkeit an allem schuld war: »Gibt es denn noch ein bisschen mehr Sahne zum Apfelkuchen, Liebes? Aber nicht so süße, der Arzt sagt, ich soll auf den Zucker achten – als ob das in meinem Alter noch eine Rolle spielt, aber man hört ja doch auf die Ärzte.«

Wahrscheinlich kommt Ihnen meine Familie jetzt sehr merkwürdig vor oder herzlos, aber ich glaube, viele Familien würden so reagieren, vielleicht nicht ganz so elegant im Themenwechsel, doch wenn man nicht weiß, was zu sagen ist, wenn etwas so völlig Unfassbares, Unglaubliches geschehen ist, dass es keine Worte dafür gibt und es einem die Sprache verschlägt, dann kehrt man erst einmal zurück zur Normalität. Und das ist vielleicht nicht nur eine übliche, sondern auch eine ganz vernünftige Sache.
Später in der Küche dann standen natürlich Tante Bärbel, Mama und die Cousine beisammen und beratschlagten, was zu tun sei und was Mama jetzt brauche. Und die beiden Cousins brummten zum Abschied was von »Jederzeit, nä«, und die Großtanten legten Mama die Hand auf den Unterarm und sagten etwas wie, dass der Bub, damit meinten sie meinen Vater, halt schon immer etwas speziell gewesen sei, aber ein guter und rechter Mensch, und er werde schon das Richtige tun.

Und ich? Ich war fünfzehn, hatte meinen Vater auf den Grund eines Brunnens gestoßen und drei Stück Kuchen gegessen. Zwei Apfel mit Decke und ein Stück Donauwelle. Außerdem dachte ich darüber nach, wie ich unauffällig ins Schlafzimmer kommen und Unterwäsche vom Vater entwenden könnte, also mindestens Unterwäsche – er hatte sich wortwörtlich vor Angst in die Hosen gemacht.

LIEBE II

ICH STAND HINTER dem Eis. Also hinter der Theke natürlich, es war eine schicke Glastheke, neuester Kühlstandard, und das Eis darin war eben Eis. Selbst gemachtes Eis, aber sonst nichts Besonderes. Nicht wie heutzutage Spargel-Rosmarin-Bacon oder Mango-Guarana oder Raw-Chocolate-Chili. Es war einfach nur Eis. Und ich war in ständiger Bewegung, um den ankommenden Massen die Wünsche von den Lippen abzulesen, ihre Kugeln zu formen, auf Waffeln zu setzen und dann über die Theke zu reichen, das Geld entgegenzunehmen und das Wechselgeld zurückzugeben. Je sonniger der Tag, umso länger die Schlange. Und immer lächeln. Lächeln. Stunde um Stunde, Dienst um Dienst, während der Sommer draußen vor der Eistheke zur Hochform auflief.

Plötzlich stand da jemand, dessen Gesicht mir in den Magen fuhr. Ja, das ist ein dummes Gleichnis, ein Gesicht in den Magen, wie in einem albernen Comic oder so – aber was soll ich machen; es ist genau genommen nicht einmal ein Gleichnis, es war ganz genau so. Da war dieses Gesicht, und ich war hinter der Theke, und mein Magen, ja, warum überhaupt der Magen, sollte es einem

nicht ins Herz fahren? Oder in andere sensible Körperteile? Oder wenigstens ins Hirn? Warum zog ausgerechnet der Magen sich zusammen, bis er nur noch ein Klumpen in meinem Bauch war? Da denkt man, die Gedanken der Menschen seien unlogisch, dabei hält ihr Körper locker mit. Letztlich ändert es alles nichts: Da war ein Gesicht, das mir in den Magen fuhr.
Ich weiß nicht, was zwischen den Menschen ist, aber ich vermute, die meisten würden jetzt etwas erwarten wie: Huh und hah! Da stand ein Wesen höherer Art, etwas Leuchtendes mit Augen, und die Nase und das Kinn! Und erst die Statur! Frohlocken, frohlocken!
Aber die Person war jemand sehr Normales, vielleicht sogar eher unterdurchschnittlich gesegnet mit äußerlichen Gaben – eine Thea, keine Elli. Das Gesicht dieser Person fuhr mir nicht aufgrund seiner Schönheit in den Magen, auch nicht, weil darin etwas Besonderes oder Einzigartiges lag oder ich jemanden darin wiedererkannte, nein, das einzig Außerordentliche an diesem Gesicht war, dass es mir zugewandt war. Ganz und gar. Und die Augen waren keine Himmelssterne, sondern eben einfach nur Augen, wie mein Eis einfach nur Eis war, aber sie sahen mich an.
Die Person bestellte eine Kugel Erdbeer und eine Vanille, lächelte, bezahlte, lächelte noch einmal und ging.
Ich war achtzehn, und ich war verliebt.
Es war keine Liebe, die meine Sehnsucht an ihre Grenzen brachte, denn jedes Mal wenn ich Dienst hatte, kam die Person, holte sich ein Eis und hatte ein nettes Wort für mich übrig. Ich nahm jeden Dienst an, den ich bekommen konnte, und stets kam die Person und kaufte sich ein Eis. Nach einer gefühlten Ewigkeit, die nicht sonderlich lang gewesen sein kann, denn so ein Sommer währt ja nicht ewig, nahm ich allen Mut zusammen und

gab nicht nur brav Antwort, wenn sie mich etwas fragte, sondern richtete von mir aus das Wort an sie.
Ich sagte: »Na? Du magst gern Eis, was?«
»Es geht so, ich komme eigentlich nur wegen dir.«
»Und wenn ich nicht da bin?«
»Dann esse ich kein Eis.«
»...«
»Du musst fragen: wieso?«
»Wieso?«
»Weil ich dich etwas fragen will.«
»...«
»Du musst fragen: und was?«
»Und was?«
»Warum siehst du so traurig aus?«
»...«
»Es ist keine normale Traurigkeit, wie etwa, wenn man Liebeskummer hat oder jemand gestorben ist. Du hast eine Traurigkeit in dir, als ob alles und jeder unrettbar verloren ist – und du doch jeden Augenblick dagegen ankämpfst.«
»Du nimmst wieder Vanille und Erdbeer?«
»Ja.«

Das war die erste und einzige Zeit, in der ich ernsthaft erwog, den Vater zu erschlagen. Ein schwerer Stein im Schlaf auf den Kopf oder mit dem Spaten, wenn er wach war. Ein paar heftige, kräftige Schläge, und dann den Brunnen zuschaufeln und leben. Ein richtiges Leben. Mit jemandem an meiner Seite, der mich sieht. Mir einen Job suchen, einen richtigen, mit Ausbildung und so, Kinder bekommen, gemeinsame Reisen – nach Binz an die Ostsee und nach Singapur, oder eben nicht nach Singapur, sondern nur in den Odenwald. Zelten mit den Kids. Ein Zuhause haben, vielleicht sogar ein eigenes

Haus in einer bedeutenderen Stadt als dieser hier, und sich dann darum streiten, wer die Spülmaschine einräumt. Mit den Nachbarn grillen und mit Freunden ins Kino gehen und irgendwann alt werden und sich nicht mehr so wirklich leiden können, aber sich hin und wieder doch ansehen, und wenn auch das nicht mehr, so doch wissen, dass da jemand ist und das Alleinsein seit Langem ein Ende gefunden hat.

Ich erschlug den Vater nicht. Ich ging ein paarmal mit der Person spazieren, es waren die schönsten Stunden meines Lebens, weil es die waren, in denen es mich wirklich gab. Ich mehr war als ein Werkzeug, ein Gegenstand, ein Sidekick im Leben der anderen. Aber ich erschlug den Vater nicht.

»Du kannst kein Eis mehr kaufen«, sagte ich.
»Nein?«
»Nein. Du kannst kein Eis mehr kaufen, und du kannst mich nicht retten. Niemand kann jemanden retten. Auch ich nicht. Aber ich kann für dich alles schlimmer machen.«
»Und wenn mir das egal ist?«
»Es ist mir nicht egal«, sagte ich.

Die Person kaufte nie wieder ein Eis.
Manchmal frage ich mich, ob sie je wieder ein Eis kaufte – aber selbst wenn ich ihr die Freude am Eis für immer genommen hatte, dann war es doch gut. Ich mache für alle stets alles schlimmer, auch wenn ich nur versuche, sie zu retten.

Seit damals, seit ich achtzehn war und verliebt, habe ich niemandem außerhalb meiner Familie mehr ins Gesicht gesehen. Immer sehe ich nur die Stirn an, einen Punkt knapp über den Augen. Manchmal auch den Haaransatz, weil der etwas charakteristischer ist als eine Stirn. Ich sehe über das Gesicht hinweg und lausche allein den Worten, den Stimmen, um zu erfassen, was derjenige für ein Gesicht beim Sprechen dabei macht. Das ist gar nicht so einfach und weit folgenreicher, als es sich im ersten Moment anhört, denn wer niemanden ansieht, erkennt oft genug niemanden wieder. Einige meiner Jobs verlor ich allein deshalb, weil ich weder Kollegen noch Chefs auf der Straße grüßte.

FELIZ AÑO

BIS NEUJAHR lief es ganz gut. In den Tagen zwischen den Jahren kam Tante Bärbel häufig, um Mama zu helfen oder zu trösten, und Elli und Thea nahmen es hin, wie es eben war: Papa war weg, auf dem Weg nach Spanien zu seiner Schwester. Bitte schön. Man hielt sich an die von mir verfasste Liste der Anweisungen des Vaters, das meiste davon betraf Haushalt und Garten und Schulaufgaben, niemand wunderte sich oder stellte gar Fragen. Mit dem Vater im Brunnen kam ich so leidlich zurecht, er neigte hie und da zu Wutanfällen, hatte sich aber wohl den Arm gebrochen, was seine Möglichkeiten zur Tobsucht einschränkte. Schlucken konnte er auch nicht gut, ich zermatschte sein Essen. Aber um den Vater geht es hier nicht, der war im Brunnen und überlebte.
Jenseits des Brunnens verlief alles deutlich glatter, als ich zu hoffen gewagt hätte – zumindest bis zum Neujahrstag. Denn am Neujahrstag rufen alle möglichen Leute alle möglichen Leute an, um ihnen »Ein gesundes Neues!« ins Ohr zu schreien und von den Feiertagen zu berichten. So auch Tante Elisabeth, die Schwester meines Vaters. Das Telefon klingelte, und Tante Elisabeth rief: »Feliz año«, meine Mutter rief nichts zurück, und meine Tante verstand sofort, dass etwas passiert war.

Nein, der Vater sei nicht bei ihr, nein, er habe sein Kommen auch nicht angekündigt, nein, sie wisse von nichts, nein, das sei nicht so ungewöhnlich für ihn, er mache ja eh immer, was er wolle, aber nein, andererseits, normal sei das auch nicht.
Elli legte die schöne Stirn in Falten, Thea hielt ausnahmsweise die Klappe, meine Mutter fragte noch ein paarmal, ob meine Tante sich sicher sei, und dann drehte sie sich um, sah uns drei da stehen wie die Ölgötzen und scheuchte uns aus dem Zimmer.

Wir Kinder wurden in das, was folgte, nicht miteinbezogen, mehr noch, meine Mutter bemühte sich darum, so viel wie möglich vor uns zu verbergen – aber wir bekamen genug mit, und ich ohnehin so gut wie alles.
Tante Elisabeth und Mama sprachen sich ab, man wolle noch ein paar Tage warten, man wisse ja nie. Nicht die Pferde scheu machen, sagten sie, es wird ihm schon nichts passiert sein, sagten sie, und überhaupt macht er ja eh immer, was er will. Meine Mutter telefonierte nun jeden Tag mit Spanien, trotz der horrenden Kosten, und Tante Bärbel kam weiterhin vorbei, und dann standen sie tuschelnd in der Küche.
Die Sorge füllte das Haus. Sie kroch in jede Ecke, unter jede kleine Spinnwebe, jeden Fussel unter dem Sofa. Die Sorge galt dem Vater und zugleich nicht dem Vater. Ich will mir nicht anmaßen zu urteilen, ob meine Mutter noch so etwas wie Liebe für den Vater empfand oder zumindest Verbundenheit. Man kann auch den Umstand, dass er der Versorger war und unser aller schiere Existenz an ihm hing, nicht einfach wegschieben. Nach einer so langen Ehe, nach solchen Jahren, nach all den gemeinsamen Entscheidungen, ist alles und jedes miteinander verbunden. Da ist ein Leben ohne den anderen

nicht einmal denkbar, und die Sorge kriecht aus dem Herzen heraus und füllt jeden Raum.

Es war der 6. Januar, ein Tag, wie nur ein Januartag sein kann. Kalt, die Luft glasklar und der Morgen lange Zeit so dunkel, als wäre noch tiefste Nacht, es war der 6. Januar, und es war nach dem Anruf eines langjährigen Kollegen meines Vaters, der sich durchgerungen hatte, den Vater doch sprechen zu wollen, wegen der Kündigung, und was denn mit ihm los sei, ein Kollege, der verdutzt die Nachricht von der Fahrt nach Spanien entgegennahm und sich unsicher und unbeholfen verabschiedete – da streckte meine Mutter den Rücken durch und ging zur Polizei, um eine Vermisstenanzeige aufzugeben.

Meine Mutter hatte sicher einiges erwartet, aber Tante Bärbel, die zur Verstärkung mitgekommen war, erzählte uns Jahre später, dass es mehr oder weniger ein reiner Amtsakt war. Die Polizisten nickten verständnisvoll, hörten meiner Mutter zu, fragten mehrmals: »Und das ist jetzt wie lange her? Zwei Wochen, ja?«, und rieten meiner Mutter letztlich, sich ein wenig zu gedulden. Abzuwarten. Männer, so sagten sie, Männer im Alter meines Vaters bräuchten manchmal Zeit für sich. Und sie hätten wirklich nicht gestritten? Nein?

NACHBARSCHAFT

»**NA, DASS MAN** euch mal zusammen sieht«, rief der Nachbar, der mit den Hühnern, quer über die Straße, gerade als Elli und ich damit begonnen hatten, die Baumarkteinkäufe aus dem Kofferraum zu holen. »Seid ihr jetzt alle drei da, ja?«, fasste der Nachbar als Nächstes das Offensichtliche zusammen, und ich hätte nur mit einem »Mh-hm« geantwortet und mich wieder den Farbeimern zugewandt, aber Elli, höflich und klug, wie sie war, begann ein Gespräch.
Es stellte sich recht schnell heraus, dass der Nachbar ein begeisterter Handwerker war und über unzählige Tipps zum Renovieren des Hauses verfügte, von: wie man Scheuerleisten abklebt, wenn man sie nicht, was wohl der professionelle Weg wäre, vor dem Streichen abmontiert, bis hin zu: Bohre niemals Löcher senkrecht über einem Lichtschalter in die Wand. Elli machte Laute der Begeisterung, also so »Ach?« und »Oh ja« und »Hhm«, was ihn noch mehr anstachelte und regelrecht zu Handwerkertipphochleistungen antrieb und mich dazu zwang, die Sachen allein ins Haus zu tragen.
»Gerhard? Hast du auch noch Eier für mich?«, rief es von zwei Häusern weiter, und die rundliche Nachbarin eilte aus mir unerfindlichen Gründen mit Lockenwick-

lern im Haar, mal ganz ehrlich, wer hat heute noch Lockenwickler im Haar, an einem Donnerstag noch dazu, herbei und gesellte sich zu uns.

»Nein, Hildchen, für dich habe ich keine«, sagte Hühner-Gerhard, »die hier sind für die Elisabeth.« Und jetzt zwinkerte er Elli zu. »Du brauchst was auf die Rippen, Mädchen.«

»Die Elli ist eine Zarte«, sagte die kugelrunde Hilde, »das ändern deine Eier auch nicht.«

Elli tat so, als hätte sie die Diskussion über ihren Eierbedarf gar nicht gehört und wollte gerade zu den Renovierungsanleitungen zurückkehren, da kam schnellen Schrittes Thea dazu – ich nehme an, sie hatte abgewartet, bis ich das schwere Zeug im Haus hatte – und fragte, wie es denn dem Ernst gehe. Ich wusste zunächst nicht, vom wem die Rede war, aber Elli wusste es: Ernst war der Gatte von der Hilde – und Elli wusste auch, dass was mit seinem Herzen war, und jetzt drehte sich das Gespräch um Krankenhäuser und Ärzte. Ich machte mich auf die Suche nach irgendeiner Kleinigkeit, die ich im Auto vergessen haben könnte, um dieser nachbarschaftlichen Plauderei zu entgehen, aber ich fand nichts. Also stellte ich mich daneben und lauschte dem Gespräch über Ereignisse aller Art in unserer Siedlung.

»Aber du willst meine Eier, gell?«, sagte Gerhard schließlich und hielt mir den Karton hin.

»Friedel?«, fragte ich fachmännisch und sah mir die Eier an. Es waren prächtige, große, schneeweiße Eier.

»Sieglinde!«, sagte Gerhard stolz.

»Hä?«, machte Thea, und jetzt kam Gerhard richtig in Fahrt und zählte die Lebensgeschichte und Legeleistung jedes einzelnen seiner Hühner auf, oder zumindest hätte er das, wenn die Hilde nicht eingegriffen und ihn auf einen Kaffee zu sich eingeladen hätte. Ich war dank-

bar dafür, und sie, die eigentlich schon den Gerhard untergehakt hatte und auf dem Weg über die Straße war, drehte sich noch einmal um und sah uns alle drei an.
»Ich finde das gut, dass ihr das Haus renoviert. Es wird Zeit. Euer Vater war ...«, ihre Hände griffen fahrig in ihre Haare, richteten die Lockenwickler, »euer Vater war streng mit euch. Und nicht nur mit euch, auch eure Mama ... die ...«
»Hab eurem Vater mal vorgeschlagen«, sagte Gerhard, als Hilde nicht weiterkam, »ein paar mehr Farben – so ein leuchtendes Grün für den Zaun. Und die Fensterläden hätte man auch in der Farbe, und ich weiß nicht, ob ihr das wisst, aber eure Mutter hat früher Sonnenblumen gemalt, überall drauf.« Dann kratzte er sich am Kopf.
»Mochte euer Vater aber wohl nicht, die Sonnenblumen«, setzte nun Hilde wieder an. »Und als er dann weg war, hat eure Mama das Malen auch nicht wieder angefangen.« Dann strich sie die Hände an den Hosen ab, straffte sich und sagte: »Wenn ich ihr wäre, dann würde ich das Haus knallbunt streichen.«
»Ich hab noch Reste von allen möglichen Farben in der Garage«, sagte Gerhard. »Und Eier von der Herta hab ich auch noch.«
»Na, die sind ja wohl für mich«, sagte Hilde kopfschüttelnd, und dann gingen sie wirklich.

REISEGEPÄCK

ES VERGING ZEIT, Zeit, in der sich die Sorge gemütlich einrichtete im Haus und alle Versuche, die Dinge zu regeln, und alle vernünftigen Überlegungen sie nicht vertreiben konnten, es vergingen mehrere Wochen, und es war noch kalt und winterlich, es war vor den ersten Schneeglöckchen im Garten, da stand die Polizei vor der Tür.
Ob man hereinkommen dürfe? Aber gern. Man hatte die Konten meines Vaters geprüft und keinerlei Abbuchungen gefunden. Ob es noch andere Konten gebe als die, die meiner Mutter bekannt wären? Aber ja, sicher, also schon, vielleicht. Ob man das Haus ansehen dürfe? Natürlich, aber man solle bitte verstehen, dass sie nicht mehr so zum Putzen komme – die drei Kinder müssten versorgt werden. Da hätten sie schon ganz anderes gesehen, sagten die Polizisten. Kaffee? Gern.

Das Haus war, ganz wie es auf der Anweisungsliste des Vaters gestanden hatte, unverändert. Ein recht durchschnittliches, schon etwas in die Jahre gekommenes Haus, mit zahlreichen, allerdings kleinen Zimmern. Mit einem großen Garten, einer schönen Terrasse, einem biederen Wohnzimmer, einer Küche, die alt, aber strahlend sauber war, ordentlich aufgeräumten Kinderzimmern und blitzenden Fenstern.

An den Gesichtern der Polizisten war nicht ablesbar, was sie sahen, wenn sie ihre Blicke über unsere Möbel und Fotos, über die Bilder an den Wänden und die Gläser in den Schränken wandern ließen. Freundlich fragten sie, was mein Vater mitgenommen habe, an Kleidung und anderen Dingen. Und ob sie nicht einen Blick ins Schlafzimmer werfen dürften? Und in die Schränke? Auf die Sachen meines Vaters?

Jetzt hatten sie mich. Spätestens jetzt würde der Mutter auffallen, dass nichts außer ein paar Unterhosen und Socken von des Vaters Sachen fehlte, sie würde es den Polizisten sagen, oder diese würden es selbst erkennen, denn der Schrank im Schlafzimmer war ja voll, es war alles darin. Jede Jacke, jeder Pullover, jede Hose. Sogar der dicke Wintermantel hing noch am Haken an der Tür.
Ich sah den Polizisten zu, wie sie meiner Mutter folgten und die Treppen hinaufstiegen, ihre schweren Schritte auf den alten, knarzenden Stufen wurden zum Countdown meines Endes.
Erst wollte ich mich in meinem Zimmer verstecken, dann überlegte ich wegzulaufen, vielleicht nach Spanien, und dann ergab ich mich einfach. Sollte es enden. Sollte es doch enden – um mich war es ja nicht schade, schade war nur, dass sie den Vater aus dem Brunnen holen und meiner Familie zurückgeben würden.

Ich schlich hinterher. Wollte mein Ende mit eigenen Augen sehen. Schlich mich hinauf in den Flur, von dem alle Zimmer abgingen, auch das Schlafzimmer, und kroch in die dunkle Ecke hinter einer Truhe. Eine von diesen

alten Bauerntruhen, Mama hatte sie bemalt, mit tellergroßen Sonnenblumen, jetzt bewahrte sie darin die gute Bett- und Tischwäsche auf, und ein paar sehr flauschige Handtücher. Ich passte gerade noch so in die Lücke zwischen Truhe und Wand.
Von hier aus konnte man natürlich nichts sehen, aber alles hören – deswegen war es eines der beliebtesten Verstecke von Thea und mir, wenn Elli uns nachjagte, um uns zu etwas zu zwingen. Man hörte sie immer kommen und konnte rechtzeitig in die andere Richtung ausweichen.
Inzwischen war ich fast zu groß für das Versteck, und auch sonst waren diese Zeiten Vergangenheit. Ein letztes Mal also hier, ein letzter Tag in diesem Haus, ein letzter ...

»Er hat den großen schwarzen Koffer mitgenommen«, hörte ich die Stimme meiner Mutter. »Und was man eben so mitnimmt auf eine längere Reise.« Die Aufzählung, die nun folgte, war makellos. Ich vernahm eine absolut perfekte Liste von Dingen, die man als Mann mittleren Alters mitnahm. Neben Kleidung und Papieren wurden auch die Lesebrille, etwas Reiselektüre, der elektrische Rasierer, eine kleine Reiseapotheke, die, wie Mama ausführte, stets ordentlich bestückt und griffbereit im Badschrank lag, ein Reisekissen und noch einiges mehr an Dingen erwähnt, an die ich niemals gedacht hätte.
Ich hatte ja nicht mal an Koffer, Kleidung und Papiere gedacht.
Die Polizisten murmelten verständnisvoll. Ich hingegen begriff gar nichts.
Ob man noch in den Schrank sehen dürfe? Aber ja, aber ja – ich hörte, wie die Türen des großen Schlafzimmerschranks geöffnet wurden und dann wieder geschlos-

sen. Ein paar Schubladen auf- und zugezogen. Und dann gingen die Polizisten wieder nach unten, dieses Mal gefolgt von meiner Mutter.

Ich schlich abermals hinterher und belauschte das kurze und sachliche Gespräch, das sie dann im Wohnzimmer führten, bei einer Tasse Kaffee und den Anisplätzchen von Tante Bärbel.
Als erwachsene Person habe der Vater das Recht, ganz allein darüber zu bestimmen, wo er sich aufhielt und wem er seinen Aufenthaltsort mitteilte. Solange kein dringender Verdacht auf ein Unglück oder ein Verbrechen vorliege, könnten sie, als Kripo, nichts machen. Es sei nicht so ungewöhnlich, müsse sie wissen, dass Männer im Alter meines Vaters ... Hier ließen die Polizisten das Schweigen den Satz beenden.
Meine Mutter fragte schüchtern nach, ob es nicht sein könne, dass er einen Unfall gehabt habe?
Durchaus, auch das habe man geprüft. Es gebe keine Meldung über verletzte oder tödlich verunglückte Personen, die auf den Vater hinweisen würde.
»Und wenn er einen Unfall hatte, aber nicht möchte, dass Sie als seine Ehefrau davon erfahren – dann können wir nichts machen. Als erwachsener Mensch hat er das volle Bestimmungsrecht ...« Der Polizist brach ab, er wollte sich nicht wiederholen.
»Oh«, sagte meine Mutter und legte die Hände in den Schoß.
»Nehmen Sie sich einen Anwalt – holen Sie sich einen Unterhaltstitel beim Jugendamt, die schauen dann schon, also die vom Jugendamt«, sagte der Polizist. Es klang so, als sagte er dies nicht zum ersten Mal.
Die Stimmung war betreten. Das konnte ich bis vor die Tür, hinter der ich lauschte, spüren. Sicher dachten die

Polizisten auch wieder: Was für ein gut aussehender, stattlicher Mann, und die Frau, so blass und unscheinbar, und wem würden die drei Kinder nicht auf die Nerven gehen? Der hat bestimmt ne Neue und macht sich eine gute Zeit. Verantwortungslos, aber verständlich.

Überhaupt war ›verständlich‹ ein Wort, das mir immer wieder begegnete über die Jahre. Vielleicht gilt ja für Verschollene das Gleiche wie für Tote – man sagt nur Gutes über sie? Oder vielleicht war es das Wegschieben, das reflexartige Abwehren des Gedankens, dass da ein Mann, einer wie du und ich, sich so vollständig verantwortungslos, ja, grausam gegenüber seiner Familie benahm. Und deswegen immer und immer die Suche nach Erklärungen, nach Gründen, und immer wieder Verständnis. Verständnis und Besorgtsein.
Und dieses Besorgtsein, und es dauerte, bis ich das in seiner ganzen Tragweite begriff, galt nicht meiner Mutter – von ihr wurden Lösungen erwartet, ein Vorwärts, ein Voran, nicht einmal die Zeit zum Trauern wurde ihr gegeben, denn sie war ja keine Witwe. Das Besorgtsein galt dem Vater. Was ihm wohl passiert war?

Nachdem die Polizisten gegangen waren, rief uns die Mutter zu sich und bat uns, leise zu sein, sie müsse sich eine Weile hinlegen und ausruhen. Wir nickten. Sie lag drei Tage lang. Lag einfach in ihrem Bett, steif und starr, und blickte an die Decke. Ob sie dabei auch schlief oder wirklich nur lag, das weiß ich nicht. Elli übernahm die Führung im Haus, aber ich war es, die am dritten Tag mit einer Flasche Korn zur Mutter ging. Ich stellte die Flasche auf den Nachttisch und setzte mich auf die Bettkante. Weiter wusste ich nicht.
Die Mutter blieb liegen und starrte an die Decke. Eine

Weile verharrten wir so, dann sagte sie: »Danke. Morgen stehe ich auf. Nimm den Korn wieder mit.«
Ich tat, wie mir geheißen, und meine Mutter stand am nächsten Morgen auf und machte sich daran, die Sorge aus dem Haus zu vertreiben.

Den schwarzen Koffer, mit all dem darin, was meine Mutter aufgezählt hatte, fand ich ein paar Tage später im Keller.

VERGESSEN

ALS ICH DEN KOFFER entdeckt hatte, rannte ich aus dem Keller. Sprang über die Spinnen, die Treppen hinauf, ich lief durch das Haus, suchte meine Mutter, die Tränen rannen mir die Wangen herab, machten mich blind. Und dann fand ich sie im Garten, und einen Moment lang stand ich nur schwer atmend vor ihr, und dann war sie es, die mich umarmte. Ich weinte, sie weinte, und wir wussten beide, warum, aber wir sagten kein Wort. Irgendwann würden wir über alles reden, und ich wusste, von jetzt an würde sich vielleicht nicht alles, aber doch manches ändern. Wir begannen in gewisser Weise von vorn. Es war nicht leicht, es würde nie leicht sein, aber zumindest wären wir nun ehrlich zueinander.

Sagen Sie mal, glauben Sie mir das gerade wirklich?

Schauen Sie, ich würde genau das gern erzählen, vielleicht nicht exakt so, eher mit weniger Tränen und Drama und dafür mit lebhafteren Details, und es macht auch nichts, dass es eine glatte Lüge wäre, denn erstens lüge ich gern und zweitens ständig, und drittens wäre das tatsächlich eine sehr, sehr schöne Wendung. Es gibt nichts dagegen einzuwenden, außer, und das ist halt entscheidend: Eine Lüge darf alles sein, nur kein völliger Humbug. Eine Lüge muss zumindest ein ganz klein wenig möglich sein.

Ja, meine Mutter wusste, wusste alles, was ich da trieb, so viel zu meiner Unsichtbarkeit übrigens, aber nun ja, man weiß halt nie, was zwischen den Menschen ist. Meine Mutter wusste es und deckte mich. Wer weiß, wie lange sie das schon tat. Aber das änderte gar nichts.

Wenn der Vater zu Kräften kam, ließ ich ihn graben. Mit der Pflanzschaufel. So wurde der Brunnen über die Jahre tiefer und tiefer – und die Umrandung allmählich höher und höher. Gut, die letzten zehn Jahre grub er kaum noch, und ich legte kaum noch Stein auf Stein, unser beider Kräfte schienen nachzulassen.
Jeder, der sich vorstellt, er wäre plötzlich am Grunde eines Brunnens – der stellt sich Verzweiflung vor und Angst, Panik, ein Zusammenbrechen, ein Zerbrechen. Ein völliges Verlorensein und letztlich, letztendlich Eskalation. Ein sich Wehren, Widersetzen um jeden Preis. Ein Kampf auf Leben und Tod oder, wenn das nicht möglich ist: nur der Tod. Durch eigene Hand.
Man vergisst, wie schnell man sich an alles und jedes gewöhnt, selbst an die Hölle. Angst verfliegt, Wut verraucht, Traurigkeit nistet sich ein, und wir klammern uns ans Leben. Egal welches. An die nächste Minute, den nächsten Tag. Wir nehmen die Schaufel und graben an unseren Brunnen herum. Jeder an seinem eigenen.

»Ich schreib Ihnen mal lieber ein Antidepressivum auf«, sagte meine Therapeutin, als ich einmal Ähnliches von mir gab. In einer Sitzung. Denn so reagieren die Menschen, wenn ich nicht lüge. Sie gucken erst seltsam, und dann sagen sie etwas, das im Grunde immer das Gleiche ausdrückt: Halt doch einfach die Klappe.

Gut und Böse gibt es nur im Märchen, deswegen erzähle ich Ihnen ja auch dieses Märchen und davon, dass der Vater böse ist und der Rest der Familie gut.
Aber selbst dieses Märchen hat seine Grenzen. Meine Mutter stellte den verdammten Koffer nicht in den Keller, weil sie mit mir gegen den Tyrannen in den Kampf zog, sie stellte ihn auf dieselbe Weise dahin, wie der Vater seinen Brunnen ein Schäufelchen tiefer grub. Sie tat es, weil es keine Alternative gab, weil sonst jemand gefragt hätte: »Moment mal, wieso hat denn Ihr mittleres Kind Ihren Ehemann in einen Brunnen geworfen?« Und weil sie berechtigte Angst hatte, das mittlere Kind würde diese Frage ehrlich beantworten.
Irgendwann, da bin ich mir sicher, muss sie sich diese Frage selbst gestellt haben, vielleicht in dem Moment, als sie die Sachen vom Vater packte und mir in den Keller stellte, und es blieb ihr nichts übrig, als die Antwort zu vergessen. Und deswegen vergaß sie uns letztlich alle.

HINAB

UND DANN STANDEN wir wieder da, wo die Geschichte begonnen hat. Im Keller. Mein Vater lag auf dem Grund des Brunnens. Vielleicht noch ein wenig blasser, vielleicht noch ein wenig eingefallener, aber noch immer sah er aus, als schlafe er nur.
Thea, Elli und ich sahen in den Brunnen hinab. Wir trugen weiße Einweg-Ganzkörperanzüge aus einem rauen Synthetikgewebe, und obwohl die Dinger angeblich atmungsaktiv waren, begann ich zu schwitzen.
»Okay, einer geht jetzt da runter«, sagte Elli.
»Der stinkt ja gar nicht«, sagte Thea.
»Dann geh mal runter«, sagte ich.
»Vergiss es«, sagte Thea.

Man musste eine feine Nase haben, um den Geruch des Vaters wahrzunehmen. Noch hatte die Fäulnis nicht begonnen oder war zumindest nicht so weit fortgeschritten, dass es uns den Atem nahm. Es lag nur ein feiner Geruch nach Tod in der Luft, eine Ahnung von Endlichkeit. Unten auf dem Grund des Brunnens allerdings musste er viel stärker sein, daran hatte ich keinen Zweifel. Ich stellte mir vor, wie ich hinabstieg und die Seele meines Vaters durch die Nase saugte, und es schüttelte mich.

»Jetzt werd mal nicht zum Weichei«, sagte Elli. »Das ist dein Mist, also gehst du da runter und räumst ihn auf.«

Und ich stieg wirklich hinab. Jahrzehnte war ich nicht mehr auf dem Grund gewesen, aber es fühlte sich noch genauso an wie damals. Trocken und still und jenseits aller Zeit.
»Ist er steif?«, rief Thea.
»Glaub ich nicht«, rief ich zurück. »Die Totenstarre sollte durch sein.«
»Ich will nicht wissen, was du glaubst!«, keifte Thea. Elli verdrehte wahrscheinlich die Augen, sagte aber nichts.
Ich kniete nieder, griff nach dem Handgelenk des Vaters – er war nicht steif, nur seltsam schwer – und fühlte seinen Puls. Natürlich nichts. Er war kalt, nein, eher kühl, kühl wie der Brunnen, und seine Haut fühlte sich tot an. Alles hier fühlte sich tot an. Ich drehte ihn vorsichtig auf den Rücken, seine Augen standen offen. Ich schloss die Lider, so wie ich es in Filmen gesehen hatte, aber sie öffneten sich von selbst wieder. Sein Blick war milchig-grau, wie der eines Fisches, der schon zu lang in der Kühltheke lag.

»Er ist tot«, rief ich nach oben.
»Ach was«, rief Elli zurück. Und jetzt verdrehte wahrscheinlich Thea die Augen.
»Ja, und soll ich ihn jetzt hochholen?«, fragte ich und sah vom Grund des Brunnens hinauf zur Umrandung, sah dieses eine Mal all das, was mein Vater über Jahrzehnte gesehen hatte. Nahm seinen Blick ein.
»Was sollen wir hier oben mit ihm?«, rief Elli zu mir hinunter.

Ja, was sollten wir mit ihm da oben? Und was machte ich eigentlich hier unten? Für einen Augenblick fürchtete ich, eine meiner Schwestern – oder beide zusammen – würde nach den Steinen der Umrandung greifen, sie aus ihrer säuberlichen Schichtung reißen und mich Stein für Stein hier unten begraben.

Aber sie taten es nicht, vielleicht nur, weil sie nicht daran dachten, und ich stieg wieder aus dem Brunnen herauf, an die Oberfläche, ins künstlich trübe Licht des Kellers, ging mit den Schwestern an den Spinnen vorbei, die weniger geworden waren, ich fütterte sie ja nicht mehr, aber noch immer in Scharen den Eingang bevölkerten, ging die Treppen hinauf ins Haus, in die Küche, setzte mich an den Tisch und sagte: »Es wird Zeit für einen Plan. Lasst es uns zu Ende bringen.«

Wenn irgendjemand glaubt, dies sei ein heroischer Moment gewesen, kennt er meine Schwestern nicht.
»Einen Plan«, äffte mich Thea nach. »Zu Ende bringen.«
»Ich hätte mal angenommen«, fuhr Elli dazwischen, »du hättest schon längst einen.«
»Ähm ...«
»Ähmähmähm«, machte Thea.
»Wir haben nicht mehr viel Zeit«, sagte ich.
»Wieso das denn?«, fragte Thea.
»Weil der Vater anfängt zu verwesen«, sagte ich und versuchte, wie einer dieser CSI-Typen zu klingen. Nämlich sachlich und gelassen. »Das wird stinken wie die Pest – und er wird sich aufblähen, von den Fäulnisgasen, und anfangen, sich zu verflüssigen.«
»Du spinnst doch«, sagte Thea und war blass wie der Vater im Brunnen.

»Wir brauchen einen Plan«, sagte Elli und schlug mit der flachen Hand auf den Tisch.

Meine Schwestern waren wie immer keine Hilfe. Sie mochten ihr Leben ja vortrefflich im Griff haben, aber wenn es darum ging, eine Leiche zu beseitigen, waren sie unbrauchbar.
Aber dafür gab es ja mich.
Ich stand auf und rief Tante Bärbel an. Mit Tante Bärbel wurde es immer ein sehr langes Gespräch, weil egal, was man wollte, man nicht um eine längere Erzählung der letzten Ereignisse herumkam, wobei diese Ereignisse die Tragweite von »der Nachbar hat den Baum verschnitten« bis »... und der Wollladen macht auch zu, da soll jetzt ein Inkasso rein!« hatten. Außerdem musste man eine Reihe von Fragen beantworten, wie es der Mutter gehe, den Zimmerpflanzen, Theas Kindern, den anderen Zimmerpflanzen, ob ich überhaupt wisse, dass auch im Flur welche stehen, und der Mutter seien die immer wichtig gewesen, und auch wenn sie jetzt nicht mehr so ganz auf der Höhe ...
Jedes Mal führten wir diese Gespräche über nichts, in endloser Wiederholung des immer Gleichen, und das war aber gar nicht anstrengend oder nervig, es war, als würde man eine altvertraute Schallplatte anhören, bisschen mit Knarzen dazwischen, aber sehr heimelig.
»Tante Bärbel, du musst ein paar Tage die Mama zu dir nehmen«, sagte ich. »Elli, Thea und ich renovieren die Küche – und wenn das gut klappt, auch gleich noch Wohnzimmer und Flur. Es wird einfach mal nötig, weißt du.«
»Ja«, sagte Tante Bärbel, »ich wollte ja nichts sagen, aber das hättet ihr wirklich längst mal machen sollen.«
Und so schmiedeten Tante Bärbel und ich Pläne, über

das Abholen und Kofferpacken und was sie mit der Mama so unternehmen könnte, und ich sagte wenig mehr als »Ja«, »Nein« und »Mach ich« – aber es war ein sehr gutes Gespräch.

»Hat sich Tante Bärbel nicht gewundert?«, fragte Thea, nachdem ich Bericht erstattet hatte.

»Hat sich Tante Bärbel je über irgendwas gewundert?«, fragte Elli zurück und verdrehte die Augen.

ELLI

VIELLEICHT WOLLTE auch Elli uns alle vergessen.
Sie war fast volljährig, als der Vater verschwand, und es dauerte zwar mehr als zwei Jahre, bis sie tatsächlich auszog – aber mir kommt es in der Erinnerung so vor, als hätte sie uns zeitgleich mit dem Vater verlassen.
Mit dem Vater verschwanden nach und nach seine Regeln und Vorgaben, seine Erwartungen; wenn auch nie vollständig, denn wir trugen längst selbst weiter, was wir einst hassten. Wir waren, was er aus uns gemacht hatte, und es gelang keinem von uns, sich neu zu erfinden. Doch Ellis Dasein als sein verlängerter Arm, seine rechte Hand verlor sich schneller als vieles andere, und ich kann nicht sagen, ob das eine Befreiung war oder eher ein Prozess des Absterbens. Wie bei Tiefseefischen, die, wenn sie zu weit nach oben kommen und der Druck nachlässt, einfach platzen. Ich weiß nicht, ob es noch eine echte Elli gab oder sie nur eine wunderschöne, funktionale Fassade war und darunter explodierter Seelenmatsch. Ich weiß nicht, ob sie in Therapie war, ob sie jemals geliebt hat, ob sie … Auch über die Jahre ihres Studiums, ihrer späteren Arbeit ist mir nur bekannt, was Tante Bärbel erzählte, eine endlose Aufzählung von

Reisen, Ländern und Städten. Von Erfolgen und Leistungen. Elli selbst rief kaum einmal an, kam noch seltener vorbei, und wenn wir kommunizierten, dann nur, weil sie mir in irgendetwas widersprach.
Man weiß nicht, was zwischen den Menschen ist, aber wenn es Elli noch gab, musste sie eine Scheißwut auf uns alle haben.

Vielleicht werde ich Elli fragen können, wenn erst der Vater nicht mehr im Brunnen liegt, sondern seine Ruhe gefunden hat – nein, nicht er. Wenn wir unsere Ruhe gefunden haben.

Die Mutter stand jahrelang jede Nacht vor Ellis Zimmer. Und man gewöhnte sich daran, wie gesagt, man gewöhnt sich selbst an die Hölle. Man zweifelt nicht, man wundert sich nicht, man kratzt nicht dran. Man vergisst, dass es Häuser gibt, in denen die Mutter nicht vor dem Zimmer der Tochter steht. Jede Nacht.
Wo ist er also, dieser Bruch, der feine Riss, der Wendepunkt, der mich, ein Kind, das ja an alles in diesem Haus gewöhnt war und dem der Gedanke des Aufbegehrens, ja, nur die Idee, die Erwägung der Möglichkeit eines Aufbegehrens so fernlag, wie er allen Kindern liegt, die in der Hölle geboren sind, der mich dazu brachte, dem Vater mit dem Spaten den Kehlkopf einzuschlagen, ihn dann in den Brunnen zu werfen, nur um ihn dort Jahre über Jahre redlich zu versorgen, bis er irgendwann von ganz allein starb?

War es der Abend, als ich barfuß durchs Haus schlich, um mir heimlich etwas aus dem Glas zu nehmen, nicht, weil ich Süßes wollte, sondern nur, um es zu tun, und ich das in dem festen Glauben tat, alle anderen würden

längst schlafen, und ich irrte? Die Eltern waren wach, und meine Mutter sprach mit lauter und klarer Stimme, sodass ich zuerst glaubte, es sei eine andere Frau bei meinem Vater.
Aber es war die Mutter. Sie stand vor ihm und sagte: »Das eigene Kind. Das. Eigene. Kind.«
»Sie ist nicht mein Kind«, entgegnete der Vater.

Mehr hörte ich nicht, denn der Vater schickte sich an, aus dem Zimmer zu gehen, und ich rannte, machte, dass ich wegkam, in meinem Bett war, bevor seine schweren Schritte auf der Treppe erklangen.

Alles hat einen Grund, sagt man. Wie der Brunnen. Der hat einen Grund, und wer einmal auf dem Grund des Brunnens war, der kommt nicht wieder als der zurück, der er war. Und natürlich hatte ich einen Grund für das alles, aber darum geht es nicht. Die Frage ist, was ist mit allen anderen? Mit Ihnen zum Beispiel? Habe ich in Ihren Augen einen Grund? Einen legitimen, nachvollziehbaren, rechtfertigenden Grund?
Sagen Sie mir, was muss ein Vater getan haben, damit man ihn hassen darf? Was, damit man ihn töten darf? Und was, damit man ihn auf den Grund eines Brunnens werfen und vollständig auslöschen darf?

NIEMAND
VERSCHWINDET
SPURLOS

ES WAR IRGENDWANN in den ersten Jahren –
wann genau kann ich nicht mehr sagen, ich hatte einen
meiner unzähligen Jobs, Elli war weg, Thea hing schon
ständig und immer mit Jens herum und war mittendrin
in ihrer kaufmännischen Ausbildung, die Mama begann
ihre Sachen zu suchen, vergaß Termine und fragte mich
ständig das Gleiche, wie etwa, ob ich die Blumen gegossen oder Brot gekauft hätte – da kam die Polizei wieder.
Eines Morgens standen sie vor der Tür, nicht die beiden von damals, sondern eine junge Frau und ein älterer Mann mit Bart. Er trug Zivil, sie trug, was man halt trägt als Polizistin, eine Uniform, welche sie unförmig und dick aussehen ließ. Ein Pferdeschwanz ragte unter der Mütze hervor – der Mütze, die sie auch im Haus aufbehielt. Die Polizistin war so steif wie das hässliche Ding auf ihrem Kopf, setzte sich nur widerwillig auf das weiche Sofa. Er dagegen machte es sich ungebeten im Sessel gemütlich, drapierte sein Sakko über die Lehne, rieb sich die Hände und schaute sich erwartungsvoll um.
Meine Mutter warf mich mehr oder weniger aus dem Wohnzimmer, indem sie mir auftrug, Kaffee zu machen und von dem »guten« Kuchen zu holen. Der »gute«

Kuchen war seit drei Tagen alle, ich beließ es beim Kaffee.

Obwohl ich mich beeilte, verpasste ich den ersten Teil des Gesprächs, den ernsten Gesichtern nach war es bereits zur Sache gegangen. Als ich mit dem Tablett kam, wandte sich der bärtige Zivilbeamte an mich und fragte direkt und unverblümt, wo ich denn glaube, dass mein Vater sei.

Ich machte nicht den Fehler, sofort zu antworten. Ich stellte das Tablett vorsichtig ab, setzte mich, sah den Polizisten an und sagte: »Ich hoffe, er schmort in der Hölle.«

Der Polizist zog die Augenbrauen hoch.

»Sie hatten Probleme mit Ihrem Vater?«

»Hatten?«, fragte ich.

»Ja, hatten Sie Probleme mit Ihrem Vater?«

»Ich HABE Probleme mit ihm – er hat Mama, er hat uns alle verlassen. Einfach so. Von einem Tag auf den anderen! Mal abgesehen von diesem läppischen Abschiedsbrief: ohne ein Wort. Ohne Geld, ohne Sicherheit! Er ist einfach so davon und macht sich wer weiß wo ein schönes Leben, und wir ... wir ...« Ich fand meine Vorstellung wenig überzeugend, eher Augsburger Puppenkiste als Royal Shakespeare Akademie, aber die Polizistin mit dem Pferdeschwanz unter der Mütze reichte mir betreten ein Taschentuch. Mama tätschelte mir den Rücken. Und der Bärtige trank Kaffee.

»Menschen verschwinden nicht spurlos«, begann der Bärtige, nachdem sein Kaffee alle war. »Nicht immer sind Spuren leicht zu finden, natürlich gibt es Menschen, die sehr bedacht darauf sind, nun, dass man sie nicht findet.«

Hier pausierte er und sah mich und meine Mutter sehr genau an.

Meine Mutter, so verwirrt und zerstreut sie in letzter Zeit war, hob in einer Geste der tiefen Erschöpfung die Hände. »Ja, glauben Sie denn, wir würden nicht darauf warten, darauf hoffen, dass er ...«, hier brach sie ab und weinte ein bisschen. Die Mützenpolizistin zückte das nächste Taschentuch und sah aus, als wollte sie am liebsten wegrennen.
»Sie haben nie einen Unterhaltstitel erwirkt?«, fragte der Bärtige meine Mutter.
»Nein.«
»Darf ich fragen wieso?«
Meine Mutter streckte den Rücken durch, sah ihm geradewegs in die Augen und sagte: »Weil sich das nicht gehört. Eine Familie löst ihre Probleme selbst, da braucht es keine Anwälte und keine Ämter.«
»Na, offenbar sieht Ihr Mann das anders.« Er strich sich durch den Bart.
»Vielleicht fragen Sie einfach mal Ihre Mutter«, sagte Mama, noch immer den Blick fest auf ihn gerichtet. »Fragen Sie ruhig mal, was einem an Würde bleibt, wenn der Ehemann einen wegwirft, als wäre man nichts als Müll. Als wäre man etwas Ekliges, in das er hineingetreten ist, im Laufe seines Lebens, und das man nicht mal ordentlich entsorgt. Sondern nur noch angewidert irgendwo zurücklässt, wo es gefälligst ohne weitere Scherereien verrotten soll.«

Schweigen. Schweigen, das den Raum füllte, und er war es, der es schließlich brach.
»Ich wollte Sie nur informieren«, sagte er, und er sagte es mit einem Unterton, der ganz deutlich verkündete, dass er sich sicher war, wir hätten einen Fehler gemacht und er werde diesen Fehler früher oder später finden, »dass ich jetzt für den Fall verantwortlich bin.«

Dann stand er auf, nahm sein Sakko, nickte mir zu und ging zur Haustür. Die Polizistin nahm die Kaffeetassen und tat so, als wollte sie diese als freundliche Geste in die Küche bringen. Meine Mutter nahm ihr die Tassen ab, und als sie dabei der Polizistin nahe genug kam, flüsterte diese rasch: »Es tut mir leid. Er ist neu, er will sich profilieren. Männer verschwinden so oft spur...« Da fiel ihr ein, dass sie schon zu lange dort stand, vielleicht zu viel gesagt hatte, und sie eilte dem Bärtigen nach.

Wir hörten sehr lange nichts von ihnen.

THEA

THEA VERLIEBTE SICH in Jens. Jens verliebte sich in Thea. Vernünftig, wie sie waren, schlossen sie ihre Ausbildungen ab, arbeiteten eine Weile, sparten das Geld, bekamen zwei Kinder, bauten ein Haus – aber erst als das Geld reichte und die Kinder jeweils ein eigenes Zimmer brauchten. Thea ging recht schnell wieder arbeiten, wenn auch halbtags, sodass genug Zeit für die Kinder, den Hund, den Haushalt und den Rasen blieb. Sie stritten wenig, einmal im Jahr fuhren sie zusammen in einen Wellnessurlaub, mit Sauna, Massage und Romantikdinner – die Mutter von Jens passte so lange auf die Kinder auf.
Thea hatte alles erreicht, was sie erreichen wollte. Familie, Sicherheit, Stabilität. Aber sie war unruhig, immer unruhig, beinahe so wie die Mama, nur dass bei ihr auch Spaziergänge nichts halfen, Sie können mir glauben, ich habe es versucht. Thea war unruhig und stets kurz vor der Explosion. Das bekam in der Regel ich ab, sie tauchte meist einmal in der Woche auf, um mich wegen irgendetwas in den Senkel zu stellen.
Es war eine Crux, Thea, deren Leben ich so gern geführt hätte – Ellis perfektes Dasein war viel zu weit von allem entfernt, was mir denkbar war, aber ein Leben wie

Theas, mit einer Familie und einem Hund und einem Rasen, ein Zur-Ruhe-Kommen ohne größere Sorgen, das schien mir geradezu paradiesisch. Doch das Paradies ist immer bei den anderen, für Thea war es die Hölle, wie sie mir manchmal erzählte, wenn sie fertig war damit, auf mich und meinen Haushalt, mein Leben, meinen Umgang mit Mama zu schimpfen, wenn sie sich ein Glas Wein nahm und wütend vor sich hin weinte.

Sie hatte geglaubt, in der eigenen Familie zu finden, wonach sie sich als Kind immer gesehnt hatte – aber Familie bedeutete nur, selbst all das zu geben, wonach sie sich sehnte. Geborgenheit, Sicherheit, Fürsorge, Verständnis und Anerkennung. Sie war wie ein Eimer, aus dem die anderen schöpften und der sich mit jedem liebevollen Wort, das sie sprach, mit jedem Brot, das sie schmierte, mit jeder Geste und jeder Zuwendung mehr und mehr leerte. Und niemand beachtete das. Denn es war ja immer noch etwas drin in dem Eimer, man sah nie den Grund. Und zugleich war es zu wenig, ihre Launen zu viel, ihr Gemecker zu nervig, ihr Verständnis zu gering, der Sex zu wenig, die Aufmerksamkeit niemals genug.

Erschöpft war Thea und wütend, und wenn ihre Wut sich Bahn brach, dann wurde es nur noch schlimmer, dann sah sie die Enttäuschung in den Augen ihres Mannes. »Uns könnte es so gut gehen!«, sagte er dann. »Wir sind gesund, haben tolle Kinder, sichere Arbeit – aber du, du machst alles kaputt. Ich verstehe dich einfach nicht.«

Also brachte sie ihre Wut zu mir, kippte allen Hass auf mich, und ich nahm ihn auf, nahm ihn hin. Denn ich hatte versucht, sie zu retten, und war doch gescheitert. Da konnte ich wenigstens der Mensch sein, in den sie ihre Krallen schlug, ihn Stück für Stück zerfetzte.

Natürlich legte ich ihr nahe, sich herauszunehmen, Grenzen zu setzen, den Haushalt einfach mal liegen zu lassen, mit ihrem Mann zu reden, der ja nun kein schlechter Kerl war, sich eine Auszeit zu nehmen, eine Paartherapie zu machen, sich zu trennen. Ich schlug all das vor, was mir meine Therapeutin vorschlug, wenn ich sie danach fragte, was man als Thea so machen könne. Nur das Gerede davon, dass in einer erwachsenen Beziehung der Einzige, der verlässlich für einen da sei, man selbst sei, das ersparte ich Thea.
Ich war für sie da. War da und ging nicht weg. Nahm die Wut entgegen, als wären es verdiente Schläge, hörte zu, rechtfertigte mich nie und hatte immer den guten Rotwein im Haus.
Aber für Menschen wie Thea, für Menschen wie Elli und mich, gibt es nie einen Trost und niemals einen Halt. Wir haben ein schwarzes Loch in uns, das nichts und niemand füllen kann.

Und Thea blieb, blieb bei ihrer Familie, beklagte sich, erledigte doch alles und jedes, ging mit dem Hund und mähte den Rasen und gab, was sie geben konnte. Erst als sie den Vater auf dem Grund des Brunnens sah, da tat sie dieses eine Mal nicht das Richtige. Sie rief nicht die Polizei, sie sorgte sich nicht um die Familie, sie blieb einfach hier und half dabei, ein Kapitalverbrechen zu vertuschen. Und auch wenn sie dabei sehr schlecht gelaunt tat und keine Gelegenheit ausließ, an mir und Elli herumzumeckern, so bin ich mir doch sicher, es war die glücklichste Zeit in ihrem Leben.

DER ERKLÄRTE TOD

ZEIT VERGEHT. Alles liegt irgendwann hinter einem. Es geht vorüber, es geht vorbei, es endet. Natürlich endet es nicht unbedingt glücklich wie im Märchen, aber selbst im Märchen leben sie nur glücklich und zufrieden bis an ihr Lebensende – und ans Lebensende kann man auch unglücklich und unzufrieden kommen, letztlich geht alles vorbei.
Immerhin hatten Thea und Elli ein Leben. Ob es ein gutes war, nun ja, aber ich redete mir gern ein, dass es zumindest ein besseres war. Und die Mama war sehr zufrieden in ihrem Vergessen, gerade in den ersten Jahren, bevor die Unruhe begann, da brömmelte sie heiter vor sich hin, strickte und redete mit den Pflanzen. Sie kümmerte sich nicht mehr groß um irgendetwas, ihr Putzen bei den Nachbarn wurde immer nachlässiger und oberflächlicher, aber die meisten sahen es ihr nach. Wie ein Kind war sie, das in den Tag hineinlebte und nur selten ein wenig quengelte, wenn, dann zumeist über das Essen. Auch ich fand mich irgendwie zurecht. Es war okay, es ging vorbei.

Es war Elli, die wie ein Sturmwind dazwischenfegte und verkündete, jetzt sei es an der Zeit, den Antrag beim

Amtsgericht zu stellen und den Vater für tot erklären zu lassen. Denn, so erklärte sie, wie immer durch und durch vernünftig, es seien jetzt zwölf Jahre, zwölf lange Jahre, die der Vater verschwunden war, und niemand habe irgendetwas von ihm gehört, und niemand habe eine Spur von ihm gefunden. Die Wahrscheinlichkeit sei hoch, dass er sich umgebracht habe, sie habe da eine Studie über Männer in der Midlifecrisis gelesen, und die brächten sich gern mal um. Oder weiß der Himmel, was passiert sei, jedenfalls gebe es keinen Grund, noch länger zu warten. Außerdem sei die Mama jetzt noch so weit beieinander, dass man das erledigen könne.

Die Mutter hörte nur halb zu, wenn Elli versuchte, mit ihr zu reden. Sie winkte ab, als wollte sie sagen, ach, der Vater, der soll mal machen. Aber als Elli dann einige Wochen später mit einem Anwalt ankam und die entsprechenden Papiere ausbreitete, da nickte Mama und erklärte sich bereit, zu unterschreiben.
Würde der Antrag beim Amtsgericht durchgehen, könnten wir das Erbe antreten, Mama würde ihre Witwenrente bekommen. Geordnete Verhältnisse.
»Ja«, sagte Mama, »das tut mir leid, Herr Anwalt, ich unterschreibe das auch alles, wie Sie sagen, aber die Elisabeth kommt morgen.«
»Was?«, fragte Elli.
»Wer?«, fragte der Anwalt.
»Na, die Schwester meines Mannes, die Elisabeth. Sie hat doch Nachrichten von Papa und will das der Polizei persönlich ...«
Jetzt schrien natürlich alle dazwischen: Was? Welche Nachrichten? Vom Papa? Wie kann das sein? Warum hast du nichts gesagt? Mama, hör mal, Mama! Wann kommt sie? Was genau hat sie?

Und die Mama war ganz beleidigt und sagte nur: »Ach, das hab ich euch doch erzählt!«
»Nein, das hast du nicht!«
»Natürlich hab ich das erzählt! So was Wichtiges vergisst man doch nicht!«

Man kann sich die Aufregung gut vorstellen. Und sie wurde nicht geringer, als Tante Elisabeth am nächsten Tag von uns allen, einschließlich des Anwalts, vom Flughafen abgeholt und direkt zur Polizei gefahren wurde.
Der Bärtige, der jetzt nur noch einen Schnauzer hatte, wartete schon auf uns. Die »Nachrichten« waren ein sehr langer Brief in der Handschrift des Vaters. Ein Brief voll des religiösen Eifers, ein bisschen wirr und durcheinander, der Brief eines Menschen, der seine Erlösung in einer Sekte gefunden hatte und nun in Südamerika lebte und im Zuge einer, so wie es klang, drogeninduzierten Epiphanie Abschied von uns nahm, von allem Weltlichen, von allen Besitztümern.
»Sie wissen, dass ich die Handschrift von unseren Fachleuten prüfen lasse?«, fragte der inzwischen Schnauzbärtige.
»Das wollen wir auch hoffen!«, sagte Tante Elisabeth und schüttelte über seine Unfreundlichkeit den Kopf.
»Und was wird jetzt aus dem Antrag beim Gericht? Wegen Tod und so?«, fragte Mama.
»Das können Sie vergessen«, sagte der Schnauzbärtige. »Ihr Mann lebt ja noch.«
»Ach ja«, sagte Mama und sah aus dem Fenster hinaus, auf dem Baum davor hockten drei dicke schwarze Krähen, »mein Mann scheint mir einer zu sein, der ewig leben wird.«

Wie ich da so stand, mit meiner Familie, dem Anwalt, den Polizisten um mich herum, war ich kurz versucht zu erzählen, dass der Papa im Keller saß. In einem Brunnen. Einfach nur um zu schauen, ob mir das jemand glauben würde. Oder auch nur in Erwägung zog, einmal nachzuschauen. Aber natürlich tat ich es nicht, so viel Vorwitz war nicht von jemandem zu erwarten, der sein Leben in der Unsichtbarkeit verbracht hatte, aber es wäre doch sehr spannend gewesen, was passiert wäre, hätte ich plötzlich die Wahrheit gesagt.

Das Ergebnis der Prüfung der Handschrift kam einige Wochen später. Sie war natürlich sehr fachlich und sachlich formuliert, aber als Elli Mama das Schreiben vorlas und ihr erklärte, dass die Handschrift ganz klar und zweifellos die vom Vater war, wenn auch ein wenig zittrig und so, als hätte er einiges durchgemacht in den letzten Jahren, sagte Mama nur: »Ach ja, freilich ist das seine Handschrift. Das weiß ich doch.« Und dann lächelte sie ein ganz klein wenig verschwörerisch. Es fiel mir auf, dieses Lächeln, nicht nur, weil es so ungewöhnlich an ihr war, dieser Ausdruck von heiterer Listigkeit, von »Warte es nur ab«, von Lausbubenschläue und Hoffnung. Ich wünschte mir so sehr, sie hätte früher einmal so gelächelt, und ich meine damit jedes Früher. Das unserer Kindheit, das, nachdem der Vater verschwunden war, und jedes einzelne der Jahre, die zwischen damals und jetzt lagen. Ich verspürte eine merkwürdige Sehnsucht, als ich sie lächeln sah, aber das war es nicht allein, weshalb es mir auffiel. Ich hatte dieses Lächeln nämlich schon einmal gesehen. Ganz kurz vorher, ein paar Wochen nur, als wir Tante Elisabeth verabschiedeten und sie zurück nach Spanien flog.

»Eure Mama ist eine ganz starke Frau«, hatte Tante Elisabeth gesagt. »Und ich bin auch eine starke Frau, übrigens. Also, ich wollte nur sagen, ihr seid nicht so allein, wie ihr vielleicht manchmal glaubt.«
Und dann umarmte sie uns und umarmte die Mama, und dann war da dieses ganz bestimmte Lächeln. Bei beiden.

DRÜBERSTREICHEN

DIE KÜCHE WAR ausgeräumt, die Schränke waren geleert und mit Folien abgehangen, jedes Eckchen, jede Kante war fein säuberlich mit Klebeband abgeklebt, und nichts sprach mehr dagegen, nun endlich mit dem Streichen zu beginnen.
Wir trugen wieder unsere weißen Ganzkörperhüllen und standen da und starrten die Wand an. Ich hatte noch immer keine Idee, was wir mit dem Vater machen sollten. Elli, das spürte ich schon den ganzen Morgen, war kurz davor, mich anzubrüllen, als das Telefon klingelte.
Das Display verkündete mir, dass es Tante Elisabeth war, die aus Spanien anrief, und ehrlich, mir war gerade nicht nach einem weiteren Familienmitglied, mit dem ich sprechen musste. Thea schnappte mir das Telefon aus der Hand und ging ran. Die Begrüßung war eher kurz, dann sagte sie: »Wie, ich soll dich laut stellen?« Und dann: »Ja, wir sind alle hier. Wir renovieren die Küche.« Und dann: »Ich mach ja schon, ich mach ja schon.«

Tante Elisabeths Stimme erklang jetzt für alle mehr als gut hörbar in der Küche – und sie klang noch genauso, wie sie durch unsere Kindheit hindurch geklungen hatte. Jung, leicht. Als ob alles gut werden könnte.

»Kinder!«, rief sie. »Kinder, wie schön, euch zu hören!«
Wir sagten nichts. Wir standen nur da in unseren weißen Hüllen und starrten das Telefon an.
»Wisst ihr, was ich neulich gemacht habe? Wisst ihr das?«
Wir wussten es nicht, natürlich nicht, es war nur eine rhetorische Frage. Aber selbst wenn wir angefangen hätten zu raten, ob nun aus Neugierde oder aus Höflichkeit, wir wären nie darauf gekommen.

Tante Elisabeth hatte einen Kurs zur Einbalsamierung von Leichen besucht. Einen historischen Kurs mit anschließendem Praktikum, in dem sie in die Grundlagen der Konservierung eingewiesen wurden. Zwar nicht an richtigen Leichen, wie Tante Elisabeth betonte – hörte ich da ein wenig Bedauern in ihrer Stimme? –, sondern nur mit Würmern, Fischen und so Zeug. Dann folgten zwanzig Minuten geballte Informationen. Vom alten Ägypten, über Bonifatius dem Irgendwas, der eine Teilung des Körpers zur einfacheren Haltbarmachung verboten hatte, was zu einem Boom der Einbalsamierungstechniken führte, bis hin zu Lenin, der, laut meiner Tante, eine der interessanten Leichen der Neuzeit war. Es ging sehr viel um Organe und Öle und Fettleichen, die auf Friedhöfen nicht verrotteten, und was weiß ich worum noch alles. Nach fünf Minuten machten sich meine Gedankenglühwürmchen auf den Weg und weilten irgendwo zwischen Nilkrokodilen, dem Kalten Krieg und der Frage, in welcher Farbe man denn nun die Küche streichen sollte.
Aber dann sagte Tante Elisabeth das, was sie eigentlich sagen wollte: »Formaldehyd. Bekommt man in jeder Apotheke. Als Desinfektionsmittel. Man injiziert einfach ein paar Liter in die Leiche, man muss natür-

lich versuchen, eine größere Arterie zu erwischen, und schon ist nicht mehr viel mit Verwesung. Konservierung ist wirklich kein Hexenwerk.«

Wir starrten weiter auf das Telefon und warteten, was jetzt noch kommen würde.

»Es war ja so spannend«, rief Tante Elisabeth viel zu laut in das Telefon. »Einbalsamierung! Da wäre ich in meiner Jugend nie drauf gekommen, aber wisst ihr, ich bin ja nicht mehr die Jüngste, und man macht sich halt schon Gedanken über den Tod. Jedenfalls: Um eine Leiche dauerhaft zu konservieren, muss man sicher ein Profi sein, aber so zehn Liter Formaldehyd in die Arterien, und der ganze Ärger mit der Verwesung ist zumindest für eine Weile vorbei.«

»Ach was«, machte ich. Und dann war es ganz still, weil wir alle den Atem anhielten, wahrscheinlich sogar Tante Elisabeth in Spanien, und dann, dann sagte ich: »Das ist ja spannend. Aber was meinst du, sollen wir die Küche nicht gelb streichen? So schön sonnig?«

»Ach gelb, sonnig, ich kann keine Sonne mehr sehen. Dieses Spanien mit seinem guten Wetter geht mir auf die Nerven. Nehmt lieber blau, blau wie der Himmel. Eure Mama mag blau.«

»Okay. Dann blau.« Ich hätte jetzt fragen sollen, was meine Schwestern von blau hielten, aber mir brannte etwas anderes auf der Seele. »Was meinst du, kann ich dich mal besuchen kommen?«, fragte ich. Vorsichtig.

»Aber natürlich! Deswegen rufe ich doch an! Deine Schwestern müssen ja arbeiten, die können später mal in den Ferien kommen. Aber Bärbel hat schon gesagt, sie kommt gut mit eurer Mama zurecht – und du, du steigst einfach ins Auto und machst Urlaub hier. Muss ja nicht lange sein. Aber du kommst und bringst alles mit, was dich so belastet. Die spanische Sonne, so nerv-

tötend sie sein kann, die wird dir guttun. Unter der spanischen Sonne findet sich für alles eine Lösung.«
Und plötzlich schrien wir alle miteinander und durcheinander ins Telefon, als hätte uns jemand den Stöpsel gezogen: Thea berichtete von den Kindern, Elli von irgendeinem Großprojekt, ich fragte noch einmal die Küchenfarben ab, Tante Elisabeth klagte über das Wetter. Es war sehr lustig und sehr chaotisch. Die Verabschiedung kam, irgendwann, und sie kam mit dem festen Versprechen, dass wir uns spätestens Weihnachten sehen würden, und dann sagte Tante Elisabeth: »Und wegen der Küche: Das müsst ihr gründlich machen. Mindestens zweimal drüberstreichen, mindestens! Sonst sieht man den alten Dreck drunter durch.« Und dann legte sie auf.

Ich ging in den Flur und nahm meine Jacke.
»Wo willst du hin?«, fragte Thea.
»Zur Apotheke, Formaldehyd kaufen, und dann zum Baumarkt, wegen dem Blau.«
»Fahr lieber zu mehreren Apotheken und kaufe nur kleine Flaschen«, sagte Elli. »Und das Blau lass dir gescheit abmischen, ach, weißt du was, ich komme mit.«
»Ich auch«, sagte Thea. »Ihr versteht ja nichts von Farben, das sieht im Eimer ganz anders aus als an der Wand.«
»Wir brauchen auch noch Kanülen und Spritzen und so was«, sagte Elli, und dann zu mir: »Hast du nicht mal im Altenheim gejobbt? Du hast doch bestimmt gesehen, wie man das macht.«
»Ich habe Teller abgeräumt und Mülleimer geleert, ey. Aber ich kenne alle Folgen von Grey's Anatomy.«
»Oh, ich auch«, rief Thea und klang sehr fröhlich dabei.

ALLES LÜGE

MEINE THERAPEUTIN mochte meine Geschichten. Sie fand sie stets sehr fantasievoll und detailreich.
»Man sagt ja«, führte sie einmal aus, »dass man den Unterschied zwischen einer Lüge und der Wahrheit an den Details erkennt – bei einer Lüge fehlen die Details. Aber nicht bei Ihnen, da ist es eher umgekehrt. Da fehlt es bei der Wahrheit an Details. Und das macht es wirklich schwer, den Unterschied zu erkennen.«
Sie sagte das, und es klang sogar ein wenig nach Anerkennung. Und dann fragte sie mich, ob ich selbst noch den Unterschied zwischen Lüge und Wahrheit in meinen Geschichten kennen würde.

Es kann natürlich sein, nein, es ist sogar sehr wahrscheinlich, mehr noch, es ist ein Fakt, muss ein Fakt sein, dass all das hier eine Lüge ist. Ein Märchen. Und ich dem Papa gar nichts getan habe und ihn schon gar nicht jahrzehntelang in einem Brunnen hocken ließ, sondern es sich dabei nur um einen Wunschtraum handelt. Dass ich mir nur wünsche, ich wäre so ohne jede Emotion, so gelassen und überlegen, so dämonisch und böse auf der einen Seite und so etwas wie der rettende

Engel auf der anderen. Für meine Schwestern, für meine Familie, für Mama. Ich wünsche mir, ich wäre jemand vollständig anderer, jemand, der etwas getan hat.

Die Wahrheit hinter der Lüge ist schlicht. Der Vater verließ die Familie, für eine Weile, aber er kam zurück. Kam zurück und nahm seine Stelle als Familienoberhaupt wieder ein. Nicht sehr lange, ein Schlaganfall machte ihn zum Pflegefall. Ließ ihn halbseitig gelähmt, mit schweren Sprachstörungen und kognitiven Einschränkungen zurück. Und ich, ich blieb. Ich blieb und kümmerte mich um ihn, um die Mutter, die natürlich weiter trank und nach und nach in die Demenz versank, blieb im Haus und sorgte für alles – während meine Schwestern ihr Leben lebten.

Und weil es nichts Armseligeres gibt, als sich für Menschen zu opfern, die man zutiefst verachtet, sich aufzugeben für etwas, an das man nicht glaubt, zu geben, wo man nichts zurückbekommt, erzähle ich Geschichten.

So wird es wohl sein, nein, es ist so. Selbstverständlich ist es so. Alles andere ist unvorstellbar.

SCHRECKLICHE MENSCHEN

SIE HÄTTEN UNS für furchtbare Menschen gehalten. Wie wir da unten im Keller die Leiche des Vaters, die sich fettig und wachsartig anfühlte, auf Folien betteten. Unsere Ganzkörperhüllen nicht mehr reinweiß, sondern besprenkelt mit blauer Küchenfarbe; wie wir den Vater auf den Folien zurechtrückten und mühsam einen Zugang legten, in der Hoffnung, die linke Halsarterie zu erwischen. Nicht gerade einfach bei einem Toten, der schon ein paar Tage alt ist, das kann ich Ihnen versichern.

»Woher weiß man, ob man getroffen hat?«, fragte Elli.
»Wenn man danebenliegt, dürfte es ne Beule geben, sobald man das Zeug reindrückt«, sagte Thea, und ich nickte und jagte die erste Spritze Formaldehyd dem Vater in den Hals. Es funktionierte, keine Beule. Das Zeug ging glatt durch. Und so füllten wir ihn Spritze für Spritze mit Aldasan® 2000, das wir in 1-Liter-Flaschen aus zehn verschiedenen Apotheken erworben hatten – zwei Städte weiter waren wir gefahren, ganz wie die Profikiller, und nun war es schon spät in der Nacht, aber niemand von uns spürte Müdigkeit. Spritze für Spritze. Es kam nirgends etwas wieder heraus, die Leiche des

Vaters hielt dicht sozusagen, das nahmen wir als gutes Omen. Er stank schon ein wenig, aber nicht unerträglich, überwiegend nach Leiche, zumindest nehme ich an, dass Leichen so riechen, außerdem hatte er sich in die Hosen gemacht. Ob das so üblich war im Todeskampf, dass man sich einschiss, fragte ich mich kurz, aber nicht lange, es war nur ein Gedankenglühwürmchen, alles in allem kamen wir gut voran, und schon bald waren wir so weit, den Vater fest mit Folien zu umwickeln.
»Wartet«, sagte Elli und verschwand. Kurz darauf kam sie mit einer Rolle Gaffer zurück und klebte dem Vater ein Stück davon fest über den Mund. Aber so, dass die Nase frei blieb. Sie war ja kein Unmensch.

Sie hätten uns zweifellos für schreckliche Menschen gehalten, wie wir so ungerührt, geradezu heiter, den Vater und einen Haufen Abdeckfolien und -matten aus dem Haus trugen und in den Kofferraum des Autos stopften. Nur wirklich schreckliche Menschen tun so etwas.

»Niemals«, würde meine Therapeutin sagen und mich dabei wirklich ansehen, sodass ich endlich die Farbe ihrer Augen erkannte. »Niemals. Sie vielleicht, ich will nicht bezweifeln, dass Sie kalt und empathielos genug wären, um so etwas zu tun. Aber Ihre Schwestern? Ihre Tanten?«
»Aber der Grund war ...«, würde ich beginnen, und sie würde mich nicht ausreden lassen.
»Grund, Grund, Grund! Viele Menschen haben einen Grund, Schreckliches zu tun! Und seien wir mal ehrlich: viel bessere Gründe, als Sie angeblich haben. Aber Menschen sind nicht so, sie tun so etwas nicht. Sie sind keine eiskalten Mörder und Leichenentsorger!«

Aber meine Therapeutin versteht einfach nichts von Menschen. Sie geht wie die ganze Welt davon aus, dass das Opfer in einer Geschichte liebenswert ist. Nicht nur, dass es all die Pein und das Leid zu ertragen hat, wehrlos und duldsam, letztlich, nein, auch danach muss es rein sein und bleiben. Ohne jede Macht, ohne jede Gewalt, ohne jedes Aufbegehren. Ein Opfer ist ein Opfer, es hat weiterhin ein Opfer zu bleiben – es darf ein bisschen klagen, muss sich aber ansonsten um seine Heilung bemühen und sollte niemandem weiter zur Last fallen. Als würde man sagen: »Oh ja, der Hund da, der wurde über Jahre verprügelt und geschunden. Den nehm ich! Der ist bestimmt total glücklich drüber, wenn ich ihm jetzt was zu futtern hinstelle, und wird mich dafür mit seiner Liebe überschütten. Was Besseres kann mir gar nicht passieren!«

So ein Schwachsinn, beißen wird dich das Vieh. Oder wegrennen, sobald es kann. Und selbst wenn der Hund sich einfügt und dir keine Scherereien macht, was sagt das darüber, was er träumt, was er fühlt, wenn du gehst, und was er erblickt, wenn er dir ins Gesicht sieht. Als würde das bisschen Almosen eines halbwegs normalen Lebens irgendetwas wiedergutmachen, als würde das halbwegs normale Leben genügen, um die Hölle in uns verlöschen zu lassen.

KATHARSIS

ICH STAND AM AUTO. Ich würde die frühen Morgenstunden nutzen, um mich auf den Weg nach Spanien zu machen, und ich machte mir keine Sorgen. Natürlich, ein kleiner Autounfall würde genügen, und alles wäre vorbei – und was wollte ich mit einer Leiche in Spanien? Was, wenn eine Leichenablage gelänge, aber bald darauf oder sehr viel später jemand den so vortrefflich konservierten Vater fand? Es gab so viele Fragen, so viele Was? Und Wenn? Und Wie? – Aber keine dieser Fragen spielte noch eine Rolle.

Doch. Eine.

»Warum? Warum hast du?«, fragte Elli. Es war auch an der Zeit dafür, fand ich. Besser noch wäre gewesen, Thea hätte mir diese Frage gestellt – mich angesehen und gesagt: »Warum hast du Papa in den Brunnen geworfen?«
»Ich dachte die ganzen Jahre, ich hätte es für euch getan«, sagte ich. »Aber es war wohl nur für mich.«
»Das geht in Ordnung«, sagte Thea, und Elli nickte.
»Aber ich würde echt gern die Geschichte hören.«

Weihnachten, 1993

Es war Weihnachten. Die Nacht vom Heiligen Abend auf den ersten Weihnachtsfeiertag. Ich wartete darauf, dass die Mutter ihre Wache vor Ellis Zimmer beendete. Aber sie wachte nicht. Nicht vor Ellis Zimmer. Sie stand vor Theas Zimmer.
Niemand hatte je gefragt, warum die Mutter ihre Wache hielt, Nacht für Nacht, und niemand würde es je fragen. Auch dann nicht, wenn Vaters Leiche irgendwo in einem Abgrund in Spanien lag, weit weg von allem, unentdeckt für immer. Wenn ich zurückkäme und meine Ausbildung anfangen würde, Thea sich von Jens trennen und mit den Kids zu Elli und mir in das Haus ziehen würde. Wenn Elli weiter daran arbeitete, die Weltherrschaft an sich zu reißen, und Tante Bärbel jeden Tag vorbeikam und mit der Mama etwas unternahm und wir alle zusammen jedes weitere Weihnachten in Spanien verbrachten. Niemand würde das je fragen.
Aber ich, damals, sah die Mutter, und etwas in mir knackte. So ein Knacken, wie wenn ein Bein bricht. Nur ohne jeden Schmerz, aber gerade hörbar, und man weiß, jetzt ist's kaputt.

Dann ging ich zum Vater. Er lag im Bett, ich musste ihn wecken, ihn an den Schultern packen und schütteln.
Er wachte auf, mürrisch erst, dann offen verärgert. Was ich mir da erlaubte, war undenkbar.
»Du gehst«, sagte ich ihm. »Du verlässt die Familie, verschwindest und wirst nie wieder mit einem von uns reden. Du verschwindest noch heute Nacht. Jetzt gleich.«
»Was?«, fragte der Vater, noch immer schlaftrunken.
Ich wiederholte mich. Einmal, zweimal. Ich wurde nicht

laut, ich weinte nicht, ich wiederholte einfach nur meinen Satz, etwas zu schnell vielleicht, die Worte stolperten aus meinem Mund, aber ich weinte nicht, ich sagte nur immer wieder: »Du verschwindest.«

Der Vater lachte. Erst grinste er, dann wurde es mehr und mehr zu einem Lachen, bis sein Bauch begann, auf und ab zu wippen. Ich war ein Witz, ein wirklich guter Witz.

Da spuckte ich ihm ins Gesicht. Der fette Flatschen landete unter seinem linken Auge, auf dem Wangenknochen. Für einen Augenblick hing er da, dann suppte er langsam in Richtung Mundwinkel. Das Lachen des Vaters wich schlagartig kalter, nackter Wut; er sprang aus dem Bett, versuchte mich zu packen, und ich wich aus.

Wich vor ihm zurück, erst mit einem Sprung, dann mit einem Lauf durch den Flur, die Treppe hinunter, durch das Wohnzimmer, die Kellertreppe hinunter, über die Spinnen, zum Brunnen. Ich stand am Brunnen, und der Vater schwer atmend vor mir.

Ich nahm den Spaten, vielleicht nur aus Gewohnheit, weil ich hier unten immer den Spaten nahm, ich nahm den Spaten, und als er näher kam, schlug ich ihm den Stiel erstaunlich treffsicher gegen den Hals, gegen den Kehlkopf.

Der Vater sackte zusammen, würgte, rang nach Luft, aber ich ließ ihm keinen Augenblick. Ich warf mich mit aller Kraft gegen ihn, stieß ihn über den Rand des Lochs, das zu diesem Zeitpunkt noch keine Umrandung hatte, sodass es nichts gab, was ihn aufhielt. Er plumpste in das Loch, er war auf dem Grund des Brunnens.

»Du hättest ihn töten können«, sagte Thea. »Dann wäre es vorbei gewesen.«

»Ja, aber warum sollte es für ihn vorbei sein, wenn es für uns nicht vorbei ist?«
Elli nickte.
»Vorbei«, sagte Thea leise.

Man kann es als Katharsis sehen, das Hochholen des Vaters, meine Reise, Elli und Thea, wie sie den Brunnen zuschütten, die Küche wieder einräumen und das Wohnzimmer streichen.
Aber solange man noch mitten in den Dingen ist, kommt man nicht zu sich selbst. Das geschieht später, viel später. Vielleicht nie. Ich weiß es nicht.

Aber Hoffnung zu haben, das ist ein gutes Ende für eine Geschichte. Alle Märchen enden so: mit dem Beginn eines neuen und besseren Lebens.
»Grüßt mir die Mama«, sagte ich, stieg ins Auto und fuhr davon. Ließ das Haus auf dem Hügel am Rande einer nichtssagenden Kleinstadt zurück.